Zazie

Catalogage avant publication de Bibliothèque et Archives nationales du Québec et Bibliothèque et Archives Canada

Lavoie, Marie-Renée, 1974-

Zazie

L'ouvrage complet comprendra 3 volumes.
Sommaire: 1. Ça va être correct.
Pour les jeunes de 12 ans et plus.

ISBN 978-2-89723-649-6 (vol. 1)

I. Lavoie, Marie-Renée, 1974- . Ça va être correct. II. Titre.

PS8623.A851Z39 2015   jC843'.6   C2015-941127-0
PS9623.A851Z39 2015

Les Éditions Hurtubise bénéficient du soutien financier du gouvernement du Québec par l'entremise du programme de crédit d'impôt pour l'édition de livres et de la Société de développement des entreprises culturelles du Québec (SODEC). L'éditeur remercie également le Conseil des arts du Canada de l'aide accordée à son programme de publication.

Financé par le gouvernement du Canada
Funded by the Government of Canada | Canadä

Illustration de la couverture: Nathalie Dion
Graphisme: René St-Amand
Mise en pages: Martel en-tête

Copyright © 2015, Éditions Hurtubise inc.

ISBN 978-2-89723-649-6 (version imprimée)
ISBN 978-2-89723-650-2 (version numérique PDF)
ISBN 978-2-89723-651-9 (version numérique ePub)

Dépôt légal: 3e trimestre 2015

Bibliothèque et Archives nationales du Québec
Bibliothèque et Archives Canada

Diffusion-distribution au Canada: Diffusion-distribution en Europe:
Distribution HMH   Librairie du Québec/DNM
1815, avenue De Lorimier   30, rue Gay-Lussac
Montréal (Québec) H2K 3W6   75005 Paris FRANCE
www.distributionhmh.com   www.librairieduquebec.fr

Imprimé au Canada
www.editionshurtubise.com

MARIE-RENÉE LAVOIE

Zazie

1. ÇA VA ÊTRE CORRECT

Hurtubise

De la même auteure

La Curieuse Histoire d'un chat moribond, roman, Montréal, Hurtubise, 2014.

Le syndrome de la vis, roman, Montréal, XYZ, 2012.

La petite et le vieux, roman, Montréal, XYZ, 2010.

À Marguerite, mon unique

« Il est d'ailleurs certain que vous avez, depuis votre naissance, mangé d'innombrables particules provenant de vos ancêtres directs, même si ce n'est pas ragoûtant. »

Alain Vadeboncœur, *Les acteurs ne savent pas mourir* (Lux, 2014)

1

La loi du gros bon sens : trop, c'est comme pas assez

C'est écrit partout, je ne sais pas comment ils ont pu manquer ça ! Une famille normale est habituellement constituée de quatre personnes : deux parents et deux enfants. Comme dans $2 + 2 = 4$. C'est le modèle traditionnel suggéré depuis des décennies.

Si vous allez au zoo, à l'aquaparc, à l'aquarium, à la plage, au planétarium ou dans n'importe quel musée, ennuyant ou pas, vous verrez cette précieuse information inscrite en énormes caractères au-dessus de tous les guichets : forfait famille (deux adultes, deux enfants) = xx $. Pour toutes les agences de voyages et les hôtels du monde, le prix pour une chambre familiale inclut deux adultes et deux enfants ; il faut payer pour le ou les enfants supplémentaires. Dans tous les livres de nutrition et autres guides machins, les exemples fournis pour une famille font toujours référence à la «famille standard»: deux adultes et deux enfants. Quand on va dans l'onglet «Insertion» de la barre de menu et qu'on choisit un symbole représentant la famille dans «Webdings», on trouve ceci: . Bref, il y a partout des incitations en faveur de la famille de quatre.

Je n'ai jamais compris comment mes parents, pourtant dotés d'une intelligence certaine et d'une capacité à lire reconnue par le ministère de l'Éducation (oui, ils ont des diplômes qui le disent), n'ont pas réussi à capter cette information essentielle durant tout leur parcours scolaire.

Même en achetant une voiture, on le voit tout de suite: il y a de la place pour deux adultes à l'avant et deux enfants à l'arrière. On peut choisir de rogner sur le confort en coinçant un troisième enfant au milieu de la banquette arrière, c'est une question de goût, ce qui ne fait encore que cinq personnes au total. Mais il n'existe aucun moyen légal d'asseoir CINQ enfants dans une voiture normale, aucun. Le coffre arrière et les autres rangements fixés sur le toit, comme les porte-bagages en forme de hot-dog ou de hamburger, ne sont pas autorisés par la loi pour le transport des enfants. Et non, NON, la fourgonnette n'est pas une voiture, c'est un véhicule de transport de groupe.

Il n'est donc pas étonnant que le mantra de mes parents soit toujours : « Viens m'aider, j'ai les mains pleines. » Évidemment, à eux deux, ils n'ont jamais que QUATRE mains. Imaginez le défi d'aller au centre commercial en famille ! Les humains naissent avec un maximum de deux bras et ne peuvent en acquérir de nouveaux pendant leur existence, même en le souhaitant très fort. Certains les perdent, sans espoir de les voir repousser. C'est une loi de la biologie qu'on observe chez eux depuis quelques millions d'années.

Rien ni personne n'encourage un couple à faire cinq enfants ! CINQ ! *FIVE ! CINCO ! FÜNF !* Vous avez essayé de dire ça en allemand ? *Fünf,* on dirait qu'on s'étouffe ! C'est tout dire. Ce qui m'amène à formuler ainsi la règle mathématique du gros bon sens familial :

nombre d'enfants par famille ≤ nombre de mains des parents

J'ai d'abord pensé que mes parents n'avaient pas assez entendu parler de contraception dans leur temps, même si leur jeunesse ne date pas de mille neuf cent tranquille. Il me semblait qu'une telle surabondance de paquets de troubles dans une même famille ne pouvait être que le fruit d'une série de malchances dues à l'ignorance ou à l'insouciance. L'éducation est la mère du gros bon sens, tout le monde sait ça. Pourtant, quand j'ai évoqué la chose avec ma mère, elle est devenue toute molle de tendresse et m'a répondu :

— Mais non, ma belle chérie, on vous a tous voulus. On avait le goût d'une belle grosse famille. Inquiète-toi pas, je connais très bien les méthodes contraceptives, sinon vous seriez une bonne douzaine.

Ouach ! La dernière chose à laquelle j'ai envie de penser dans la vie, c'est à mes parents en train de repeupler le Québec, ou même juste de faire ça. Je ne me suis pas lancée dans ce genre de conversation avec mon père qui possède un fabuleux répertoire de blagues de mononcle poches, car il n'aurait pas manqué de me les servir.

Mais leur impérieux besoin de se reproduire n'a jamais tenu compte de tout ce à quoi ils me condamneraient, moi, la première d'une lignée de *fünf* enfants. C'est pourquoi j'ai senti un jour le besoin d'en lister quelques inconvénients.

Liste très partielle des peines imposées
par la « belle grosse famille »

✓ Je n'aurai jamais de chambre à moi, décorée à mon goût.

✓ Je ne peux pas flâner dans le bain ou prendre des heures pour me faire belle : il y a un horaire pour les douches et une file perpétuelle pour les toilettes. Je suis donc nettement désavantagée par rapport aux autres filles de mon âge qui vivent dans des familles standards.

✓ Je suis condamnée à voir mes anciens vêtements presque tous les jours sur le dos de l'une de mes TROIS petites sœurs. Comme elles me ressemblent beaucoup, je passe ma vie à me voir en miniformat dans les mêmes vêtements (plus capable). Qui sait, mes parents vont peut-être même trouver le moyen d'en faire porter une partie à mon petit frère ?

✓ Je ne pourrai jamais tenir un journal intime que mon frère ou l'une de mes sœurs n'aura pas lu, déchiré, barbouillé, mâchouillé.

✓ Je suis condamnée à me taper, en faisant semblant que c'est bon, les mille et un spectacles que préparent sans arrêt mon frère ou mes sœurs.

✓ Je ne peux lécher les fouets du batteur électrique qu'une fois sur trois (avec ma mère qui veut aussi lécher un fouet, nous sommes six pour deux fouets : 6 personnes ÷ 2 fouets = 3 semaines).

✓ Je ne peux avoir de conversation sérieuse avec ma mère sans que nous ne soyons interrompues par un ou deux ou trois ou quatre petits morveux.

✓ Je suis condamnée à vivre dans le Moyen Âge électronique parce que nous sommes trop nombreux et que les petits sont trop petits. Je ne peux même pas avoir de cellulaire « parce que ce n'est pas nécessaire ». Ce qui pourrait se traduire comme suit : « Si on t'en achète un, va falloir qu'on en achète à tout le monde après, t'imagines ce que ça coûterait ? »

✓ Je ne peux jamais flatter le chat quand j'en ai envie, il n'est jamais disponible : 99 % du temps, il est dans les bras d'un petit contre son gré ou en train d'essayer de fuir. Oui, c'est un trèèèès vieux chat (plus vieux que moi) à moitié aveugle, mais il est super doux, de poil et de caractère.

✓ Je ne peux jamais manger quoi que ce soit à la maison qui contienne des noix ou des arachides, parce qu'en faisant cinq enfants, mes parents ont

multiplié par cinq leurs chances d'avoir un
enfant allergique. Bingo ! Deux sur cinq !

✓ *J'ai des poux et des rhumes plus souvent que les*
autres parce que les petits en ramènent à tour
de rôle de l'école primaire ou de la garderie,
endroits charmants où se propagent à la vitesse
de la lumière les bibittes de toutes sortes.

✓ *Je garde mon frère et mes sœurs depuis le premier*
jour de mes 11 ans sans jamais avoir été payée
pour ça. Je crois qu'en facturant rétroactivement,
je pourrais être millionnaire.

✓ *Je ne peux pas avoir plus qu'une bouchée de la*
boule de pâte au milieu de la pizza commandée
chez Pierrot Pizza.

✓ *Je ne peux jamais apprendre à faire le Rubik's*
Cube parce que les petits jouent toujours à décol-
ler les collants pour « faire des faces ».

✓ *Etc.*

Je pourrais vous assommer encore longtemps
avec tout ce dont je suis privée à cause de la « belle
grosse famille », mais je ne voudrais pas passer
pour une râleuse professionnelle. Et je sais très
bien que ça pourrait être pire ; je lis un peu les
journaux.

Ophélie, ma meilleure amie, vous dirait par exemple que c'est bien pire d'être enfant unique. Ses parents s'amusent à raconter qu'ils n'ont pas pu avoir d'autres enfants parce qu'ils ont tout mis dans celle-là, l'enfant unique faite de pur concentré. Non seulement ce n'est pas drôle, mais ça devient même offensant : comme je ne représente que le cinquième de la production de mes parents, cela fait de moi une enfant génétiquement diluée, selon leur raisonnement. Merci beaucoup ! J'en profite pour saluer tous les enfants dilués des grosses familles de dix personnes et plus du monde entier !

Mais je ne l'envie pas. Ophélie, elle vit sans repos. Quand elle rentre le soir, ses parents la bombardent de questions : « Pis, ta journée a été bonne ? », « T'es pas arrivée en retard, ce matin ? », « Elle est un peu courte, ta jupe, t'as pas eu d'avertissement ? », « Comment ça s'est passé en mathématiques ? », « As-tu un examen bientôt ? », « As-tu mangé tout ton dîner ? », « En as-tu manqué ? », « Est-ce que c'était bon ? », « Veux-tu me refaire ton exposé oral ce soir pour être sûre de bien le savoir ? », « Vas-tu avoir tes règles bientôt ? », alouette. Sa vie est un éternel interrogatoire, une torture qui se répète sans fin, sans échappatoire possible. Bien normal, ils sont deux pour un. À ce chapitre, je dois l'avouer, le ratio deux pour cinq m'avantage beaucoup. Une excellente chose.

Ce n'est là que la pointe de l'iceberg de sa condition d'enfant unique. Quand elle m'a fait le récit de tout ce qu'elle devait endurer, je crois que c'est le mot « ennui » qui est revenu le plus souvent. Aller au restaurant ou en vacances avec ses parents pour seuls amis, c'est franchement emmerdant. Surtout que les parents d'Ophélie sont des *intelloches* qui se sentent toujours obligés d'instruire quand ils parlent. C'est comme une manie chez eux. Je vous donne un exemple.

Un jour, Ophélie et moi avons décidé de devenir des antibrocolis. Nous ne voulions pas en faire un parti politique ni une religion, mais un point de départ de notre identité (il faut partir de quelque part !). On pensait se choisir un nom « vendeur » quand le besoin s'en ferait sentir (lorsque viendrait le temps des entrevues à la télé, genre).

En gros, l'idée est la suivante : on ne comprend pas pourquoi on est forcées de manger ce que, d'instinct, notre corps rejette. Si le brocoli nous roule dans la bouche sans pouvoir descendre dans la gorge quand on essaye de l'avaler, c'est qu'il active une défense naturelle complexe qui nous protège du danger qu'il représente pour nous. Nous n'avons jamais réfuté les valeurs nutritives du brocoli ; nous sommes seulement convaincues qu'il peut être nocif pour certaines personnes, dont nous.

Moi, quand je refuse de manger du brocoli, ma mère me dit, entre deux interventions d'urgence (un des petits est tombé de sa chaise, un autre vient de s'enfoncer une saucisse dans le nez) : « Mange ton brocoli, Zazie. — Pourquoi ? — Parce que, mange. » Les parents d'Ophélie, eux, se lancent, pour une même question, dans un long plaidoyer à la défense du brocoli : « Tu sais, ma belle chérie, le brocoli a des atouts nutritionnels certains, il est plein de fibres, de vitamine C, de vitamine B9, de magnésium, sans compter qu'il est peu calorique et pour une jeune fille en pleine croissance comme toi, c'est inestimable et blabla-bla blablabla. » Elle a déjà fini de l'avaler qu'ils plaident encore, tous les deux, en se jetant des regards complices et satisfaits, du genre « voilà qui est bien dit et qui devrait la convaincre ». C'est donc doublement douloureux pour elle qui se tape le brocoli et le discours sur le brocoli.

Et c'est tout le temps comme ça pour Ophélie. Elle ne peut pas demander à sa mère de lui confir-mer que le mot « très » est un adverbe sans se taper l'analyse grammaticale de la phrase entière d'où il est tiré. *Boring !* Avec mes parents, c'est légère-

ment plus court: «On t'a pas acheté un diction-
naire pis une grammaire, toi?» Façon de dire:
«Arrange-toi donc toute seule.» C'est tout juste
s'ils ne m'envoient pas pêcher quand je leur dis
que j'ai faim. Mais à tout prendre, j'aime mieux
ça. Je n'obtiens peut-être pas toujours la réponse
à mes questions, mais je gagne en temps. La
morale de l'histoire: quand un parent a moins
d'enfants que de mains, l'enfant devient vraiment
trop unique.

Et puis, comme le dit si bien Ophélie, nous
appartenons à des familles qui comptent en
moyenne trois enfants chacune. Mathématiquement
parlant, tout est donc parfait.

Nombre moyen d'enfants par famille (3)
≤ nombre moyen de mains parentales
par famille (4)

De l'avis d'Ophélie, on donne même un petit
coup de pouce à la courbe démographique.

Avec nos destins si différents, il fallait un événement extraordinaire pour que nous devenions,
Ophélie et moi, les inséparables que nous sommes
encore aujourd'hui.

L'histoire qui suit est un peu dégoûtante, alors
on se rejoint à l'ornement (〜) vers la fin du
chapitre, si vous êtes du genre «mal-au-cœureux».

Avertissement : histoire dégoûtante

Quand ils ont lancé le recrutement pour former l'équipe féminine de basket-ball AA, au début de l'année, des dizaines de filles ont répondu à l'appel et se sont entassées dans le gymnase de l'école. Il y avait là d'anciennes joueuses, qui faisaient déjà partie de l'équipe, et surtout un beau gros tas de nouvelles recrues, comme moi, qui espéraient pouvoir y entrer. Je m'étais bien fait quelques amies dans les cours, en secondaire 1, mais rien qui ne se prolongeait vraiment au-delà des murs de l'école. En intégrant l'équipe de basket, je changerais complètement ma vie : je ferais du sport, j'aurais de vraies amies et, grâce aux entraînements fréquents après les cours, j'échapperais souvent aux corvées de devoirs et leçons de la marmaille.

En attendant dans le gymnase, toutes les filles avaient les yeux rivés sur leur téléphone, sauf moi, bien sûr (le Moyen Âge, je vous jure), et mâchaient de la gomme. Ça donne un air sportif, mâcher de la gomme. Suffit de regarder le baseball ! Je blague. De loin, j'imagine qu'on devait avoir l'air d'un troupeau de vaches en train de brouter du foin électronique. Du joli. Quand les entraîneurs sont finalement entrés par la porte de service, j'ai donc été une des premières à les voir. À ce moment-là, j'ai failli m'évanouir.

— OK, salut tout le monde, moi c'est Dji-Pi.

— Moi, c'est Yassim.

Des pétards. Je ne savais pas qu'ils pouvaient sortir des revues.

— On va être les coachs de l'équipe de filles cette année.

— Oui, pis on aime mieux vous le dire tout de suite, on *think big* : on vise le AA.

— Mais ça va dépendre de vous autres, les filles.

— Ouin, ça va dépendre de vous autres…

Je n'entendais rien. Mes yeux étaient écartelés entre la carrure de leur mâchoire et les mollets de format jambon olympique du plus petit des deux, qui devait faire dans les six pieds. J'avais jusqu'alors considéré le mollet comme une partie inintéressante de la jambe, faite pour soutenir des bottes de pluie, mais les siens, de véritables œuvres d'art, me forçaient à reconsidérer ma conception de la chose. C'étaient des beautés extraterrestres venues de nulle part, envoyées dans une école secondaire effroyablement banale. Un blond aux yeux d'une couleur indéfinissable, un brun aux yeux noisette savoureuse. Je suis revenue à la vie quand tout le monde s'est mis à s'activer autour de moi. Les filles couraient vers le vestiaire.

—ON SE DÉPÊCHE! GO! GO! GO!

—TOUT LE MONDE SUR LA LIGNE DE FOND DANS CINQ MINUTES!

Cinq minutes plus tard, comme toutes les autres filles, j'étais sur la ligne de fond, habillée en mou, les cheveux ramassés, le cœur à moitié arraché. Je n'avais pas encore fait un pas que j'étais essoufflée. Trop d'émotions.

—OK! Réchauffement, cinq tours de gymnase à la course! GO!

Les entraîneurs ont pris les devants au pas de course, à une vitesse qui m'a d'abord semblé raisonnable. Ça irait, on ne nous demandait pas de faire un marathon. Mais pendant mon deuxième tour, alors que je courais pliée en deux à cause d'un point gigantesque au côté gauche, les deux gazelles m'ont dépassée, discutant et s'amusant comme si elles faisaient un tour de calèche. Ils s'étaient donc retrouvés derrière moi et avaient eu le temps de voir mon derrière dans la plus inélégante des postures, couvert d'un pantalon mou, sans poches. J'ai augmenté le rythme, prête à y laisser mon cœur. Je devais les garder devant moi et non derrière. L'orgueil me pendait au bout du nez, comme une carotte.

—OK, maintenant qu'on s'est un peu réchauffés, on va faire quelques enfers avant de vous regarder jouer. TOUT LE MONDE SUR LA LIGNE DE FOND !

— Euh… s'cusez ! Coach ?

— Oui ?

— C'est quoi un "enfer" ?

— Bonne question…

— Corinne.

— Bonne question, Corinne. Écoutez, les filles, Yassim va en faire un pendant que je vais l'expliquer. OK ? **OK** ?

— OK !

— Plus fort !

— **OK** !

— Bien ! On suit pis on enregistre le parcours, OK ?

— **OK** !

— *Good !*

Yassim s'est mis en position de départ pour courir, la main sur la ligne de fond.

— C'est très important, la main, regardez bien sa main.

— **OK** !

— Yé ! Ça commence à rentrer ! Bon, au signal, Yassim se met à courir jusqu'à la ligne des trois mètres, il la touche avec la main, revient toucher la ligne de fond en courant, repart vers la ligne du centre et la touche avec la main, revient en courant jusqu'à la ligne de fond, la touche, toujours avec la main, c'est ben important, pas avec le pied, la main, c'est ça, y repart ensuite vers la ligne des trois mètres de l'autre côté du terrain, la touche, revient toujours en courant, vite! plus vite! plus vite! vers la ligne de fond ici présente. Voilà! Bravo, Yassim! On finit en touchant une dernière fois la ligne qui se trouve sous vos pieds, mes demouazelles. Si vous oubliez de toucher une ligne pendant le parcours, vous reprenez l'enfer au début. On en fait cinq comme ça. OK?

— OK...

— J'ENTENDS RIEN, OK?

— OK!

On disait «OK», mais on regardait toutes Yassim, les mains sur les hanches, la face rouge, le souffle court, et on se demandait comment on allait pouvoir survivre à un seul des cinq enfers imposés. Jamais mot, dans toute l'histoire du sport scolaire, n'aura été aussi bien choisi pour décrire un exercice.

Mais la vie garde toujours quelques tours dans sa manche, comme dirait mon père. Les choses ne se sont donc pas passées comme prévu.

Puisque nous étions très nombreuses sur la ligne de fond à ce premier entraînement (la moitié d'entre nous seraient éliminées avant la fin de la semaine), nous allions devoir jouer du coude pour courir rapidement et parvenir à toucher les différentes lignes sans nous faire écraser les doigts. Il y aurait des coups bas, on le sentait déjà aux mouvements fébriles des corps qui ne tenaient plus en place. J'espérais seulement qu'une dizaine de filles finiraient derrière moi. C'est malheureux, mais c'est comme ça, on fonde souvent sa réussite sur la déconfiture des autres.

Dès le signal, j'ai tout donné pour essayer d'impressionner les dieux grecs qui nous observaient d'un œil attentif, si bien qu'après le premier enfer, j'ai senti que ma cage thoracique, déjà trop éprouvée par le réchauffement, était sur le point de s'écarteler. Je ne survivrais pas. J'allais finir ma vie en pleine course, le cœur explosé au milieu d'un terrain de basket, à treize ans et trois quarts, sous le regard terrifié des deux plus beaux gars de la terre. Peut-être même de la galaxie. Heureusement pour mes parents, il leur resterait encore quatre enfants.

En plein milieu du deuxième enfer, alors que j'étais à deux doigts de la tombe, des filles se sont mises à pousser des cris, à courir dans tous les sens en brisant les lignes imaginaires que nous suivions. Elles tentaient de s'éloigner d'une monstruosité qui venait d'atterrir sur le sol: une serviette hygiénique pleine de sang. Je peux dire « pleine de sang » parce qu'elle était bien tombée, le côté souillé vers le haut, et qu'on voyait parfaitement dans quel état elle était. Ça m'a étonnée d'ailleurs, car mon père dit que la loi de Murphy fait que les rôties, par exemple, tombent invariablement du côté beurré. Les serviettes hygiéniques échappent tout simplement à la loi de Murphy. Bonne nouvelle pour les planchers de gymnase.

Il y a des secondes qui durent beaucoup plus longtemps que d'autres. C'est exactement ce que nous vivions tous, entraîneurs inclus. Notre réflexe a été de revenir au point de départ sur la ligne de fond, sans bouger. Les deux entraîneurs se sont approchés, ont regardé la chose d'un air incrédule, avec des yeux qui disaient leur grosse envie de se téléporter ailleurs. C'était vraiment un charmant tableau : deux entraîneurs, trente filles et une serviette hygiénique. Ça aurait fait un bon titre de film poche.

— Euh... bon, ben, euh...

— Ben...

— Ben... c'est à qui ?

Silence de mortes qui n'en reviennent pas de la débilité de la question. Comme si une fille, même avec un cerveau de palourde, allait lever la main.

—La fille à qui ça appartient peut-elle venir chercher... euh... ça?

—Ouin, ce serait cool.

Aucune des filles présentes – j'aime le penser – ne voulait savoir à qui appartenait la serviette. Chacune souhaitait une solution rapide pour que la coupable, dont le sang continuait de s'écouler sans support, puisse s'enfuir le plus vite possible aux toilettes sans être pointée du doigt. Nous pouvions toutes, toutes, nous mettre à sa place. Mais les deux spécimens que nous avions devant nous n'avaient de toute évidence pas la fibre très empathique. Je les ai trouvés tout à coup beaucoup moins beaux, fanés par leur manque de lumière intérieure. La fille qui serait forcée d'aller chercher sa propre serviette tachée sous le regard d'une foule d'étrangers ne pourrait plus jamais fermer les yeux de sa vie sans revoir la scène.

—Je vais aller la ramasser.

Une toute petite fille, avec une voix flûtée et des mains de soie blanche, a fait un pas en avant en levant un doigt poli, comme si elle répondait à une question de prof. Je l'avais déjà repérée dans le tas, espérant secrètement qu'elle finirait derrière moi.

—Ah! C'est à toi?

L'un des hommes de Neandertal en rajoutait. De moins en moins beau, je vous dis.

—Peu importe.

« Peu importe », c'est ce qu'a dit la petite fée, comme en écho à ce que nous pensions toutes. Et là, je ne sais pas ce qui m'a pris. Inspirée par son courage peut-être, je me suis jetée à l'eau.

—J'y vais avec toi.

—Ah! C'est à toi, d'abord?

—Peu importe.

—Ben coudonc! C'est à qui cette affaire-là?

—Vous pourriez peut-être retourner au vestiaire, le temps qu'on règle ça.

—OK!

Ils ne se sont pas fait prier. En trois petites secondes, Yassim et Dji-Pi avaient disparu. C'est pratique, courir vite.

La petite sauveuse s'est ensuite tournée vers les autres filles.

—Tout le monde devrait peut-être aller au vestiaire?

—Oui, bonne idée! Prenez votre sac pis allez aux toilettes tout le monde en même temps, dans celles du vestiaire, du premier étage, du deuxième, du troisième, etc. Dispersez-vous. Y a sûrement trente toilettes dans cette école-là.

Il ne fallait pas que la pauvre fille soit découverte en se précipitant aux toilettes. Et ça nous éviterait d'être observées pendant l'opération de nettoyage.

Nous nous sommes donc approchées de la Chose à pas lents, pour nous donner une meilleure idée de l'intervention à effectuer. Heureusement, il s'agissait d'une serviette à ailettes conçue pour « offrir une protection et un confort optimal pendant les règles ».

—Cool ! Des ailes !

—OK, prends ton bord, je prends le mien, pis à trois, on la soulève. 1... 2... 3 !

Nous avons marché un peu plus vite au retour, évitant de regarder la minuscule civière que nous avons rapidement fait disparaître au fond de la poubelle du gymnase. C'était une bonne chose de ne pas avoir de public pour un tel sauvetage. Avec le souci du travail bien fait, nous nous sommes retournées pour admirer le champ libre, tout de même un peu déçues de constater qu'il n'y aurait plus d'obstacles à la reprise des enfers.

—Isabelle Louis-Seize.

—Wow ! Beau nom ! Ophélie Chamard.

—J'suis en 2.

—Moi aussi.

—Cool.

—Oui.

— Je pense qu'on a maths ensemble. Pis ECR.

— Oui, me semble.

— ...

— J'suis même pas encore menstruée.

— Pfff...

Il en va des amitiés comme des coups de foudre, ça nous tombe dessus sans crier gare. Nous sommes tout de suite devenues inséparables, liées par une espèce de pacte (de sang, mais pas du nôtre !) scellé autour d'une serviette hygiénique. On demande souvent aux gens en couple de raconter comment ils se sont rencontrés, c'est une curiosité très répandue. Je crois qu'on devrait s'intéresser plus aux histoires d'amitié, qui regorgent aussi d'anecdotes amusantes.

Ce n'était pas notre serviette, évidemment. Et nous n'avons pas su à qui elle appartenait, ce qui, au final, montrait que notre stratagème avait été efficace.

On devrait inciter les fabricants de serviettes hygiéniques à écrire cet avertissement sur les boîtes : « Non conçues pour résister aux enfers » ou « La vue de ces serviettes peut causer de graves lésions au cerveau de certains garçons. » En sa qualité de fille unique qui souffrait de solitude, c'est un peu elle-même qu'Ophélie avait voulu libérer en en sauvant une autre. Ma participation à ses côtés s'expliquait beaucoup plus facilement : il est interdit chez nous de chercher des coupables. Mes parents détestent ça. C'est d'ailleurs un des aspects de notre éducation que j'aime bien.

Le deuxième entraînement-sélection a commencé par un discours ampoulé des entraîneurs qui ne voulaient surtout pas qu'il y ait méprise sur leurs objectifs :

— Ici, on joue au basket, on mange du basket, on pense basket, on vit basket, on chie basket, on parle basket, on respire basket, c'est basket basket basket mur à mur ! OK ?

— OK !

— OK ?

— OK !

Lorsqu'ils ont retranché Ophélie à la fin de ce terrible entraînement, je l'ai suivie. Je n'avais pas vraiment envie de bouffer du basket mur à mur. Et j'avais surtout besoin d'être solidaire de ce bout de fille qui aurait tant pu faire pour l'esprit d'équipe, à défaut d'être la meilleure compteuse.

Quand je me suis dirigée vers le vestiaire, l'entraîneur a couru vers moi :

— Pourquoi tu t'en vas ? On t'a pas écartée ! T'as encore des chances de faire l'équipe.

Vu de près, comme ça, il me semblait que ses dents, bien « écartées », elles, achevaient ce qui lui restait de beau. Jamais, dans l'histoire du sport scolaire, avait-on vu la Beauté déchoir aussi rapidement.

Je suis sortie en souriant. J'avais trouvé là l'essentiel de ce que j'étais venue chercher. Je m'arrangerais pour faire du sport. Et tant pis pour les corvées de devoirs et de leçons.

Les parents d'Ophélie ont failli la traîner chez le psychologue pour l'aider à surmonter l'épreuve du rejet, alors même qu'elle acceptait avec un certain soulagement d'être « écartée ». Ils la conduisaient chez le psy à chaque fois qu'une contrariété se présentait, pour que ses colères ne « freinent pas son épanouissement ». En réalité, c'était seulement pour faire plaisir à son père qu'elle avait essayé d'intégrer l'équipe, lui qui répète tout le temps qu'un esprit sain ne peut vivre que dans un corps sain.

Moi, je lui trouve l'esprit pétant de santé, à cette fille.

~

(Rebonjour les mal-au-cœureux !)

Ma mère a fini par tomber sur ma « Liste très partielle des peines imposées par la "belle grosse famille" ». C'était à prévoir, il n'y a pas un pouce carré qui échappe aux petits dans cette maison. Il aurait fallu que je fasse comme les mémoires vivantes des tribus amérindiennes et que je retienne tout par cœur pour avoir des secrets à moi.

Je crois que ça lui a fait de la peine, à ma mère. Elle avait le visage tout fripé quand elle s'est pointée dans le cadre de porte de ma chambre.

—As-tu fait une liste des joies, aussi?

—…

—Tu vis juste des peines, ici, avec nous… à cause de nous?

Aouch! J'ai toujours détesté les non-discours de ma mère. Ils m'assomment plus que n'importe quelle engueulade. Elle a déposé ma liste sur le coin de mon lit et elle est sortie doucement, sans rien ajouter, le moral dans le fond des talons.

Mon cerveau a fait un long silence radio avant de se reconnecter. Simon, mon frère, me regardait en suçant son pouce quand j'ai ouvert les yeux.

—Azie?

Les enfants sont incroyables, ils arrivent même à charcuter un nom déjà charcuté.

—Viens ici, petit crapaud.

—T'as la peine?

35

— Non, ça va être correct.

Je l'ai serré très fort et me suis demandé comment je pouvais parfois souhaiter qu'il ne soit pas là.

Et avec lui sur mes genoux, pendant qu'il tirait sur ma feuille pour essayer d'écrire en même temps que moi, j'ai commencé ma « Liste des joies de vivre dans une "belle grosse famille" ». Fallait au moins essayer.

✓ *On ne me pose pas mille questions sur ma journée quand je rentre de l'école le soir.*

✓ _____

    _____

✓ _____

    _____

✓ _____

    _____

✓ _____

    _____

✓ _____

    _____

✓ _____

    _____

✓ _____

_____

✓ _____

_____

✓ _____

_____

✓ _____

_____

✓ _____

_____

✓ _____

_____

. . .

J'ai laissé comme ça plein de lignes vides pour faire de la place à mes bonnes intentions.

2

Beauté diluée

Sans être prête à affirmer que je suis réellement une enfant diluée, je constate tout de même qu'il y a eu une répartition de la beauté entre nous cinq : Sandrine (11 ans) a des cheveux noirs comme ceux des princesses espagnoles dans les livres, Éliane (8 ans), des pommettes roses percées de fossettes, Bernadette (6 ans), des yeux irrésistibles de chien husky, et Simon (3 ans) arbore un petit nez parfait et les plus mignonnes oreilles du monde. Je sais bien qu'elles vont se gâcher en poussant, ses belles petites oreilles, ce sont des entonnoirs qui grandissent de 0,22 mm par an pour compenser la dégradation des facultés auditives. Elles risquent aussi de se remplir de gros poils dégoûtants. Mais pour l'instant, ce sont des petites merveilles qu'on a toujours envie de croquer.

Moi, ma part de beauté? Sincèrement, je la cherche. Ophélie aime dire que j'ai une «parfaite ligne de sourcils». C'est ce que font toujours les vraies amies: elles se donnent un mal fou pour vous aider à vous aimer. Sans elle, je me sentirais comme le dernier des pichous.

D'ailleurs, c'est grâce à cette estime de moi, même très faible, et aux oreilles de mon frère, que je suis enfin tombée amoureuse. Je dis «enfin» parce qu'à treize ans et trois quarts la plupart des filles en sont à leur deuxième ou troisième grand Amour, ce que je n'ai d'ailleurs jamais compris. Entre zéro et treize ans, les gars ne font que jouer aux autos ou à des jeux vidéo de guerre débiles, où ils se prennent pour des héros parce qu'ils font éclater des cervelles de méchants. Je vois donc mal qu'on puisse en tomber amoureuse. Et ce n'était guère mieux avant. Dans l'ancien temps, quand les jeux électroniques n'existaient pas encore, les gars jouaient aux cowboys et aux Indiens, ce qui était à tout prendre à peu près la même chose, sauf qu'ils se faisaient souvent mal pour de vrai.

Les lundis et les mercredis, comme ma mère rentre habituellement plus tard à la maison, je passe à la garderie prendre Simon. C'est dans ma liste des «peines imposées». Son éducatrice, Naïma, me dit toujours que Simon a eu une bonne journée, bien qu'il ait tapé un autre petit garçon, reçu un coup de poing dans le ventre, fait pipi dans sa culotte et dérangé tout le monde pendant la sieste. La routine, quoi. Je la remercie et prends le sac de vêtements trempés en lui souhaitant une bonne soirée.

Les filles, de leur côté, reviennent ensemble de l'école et s'attellent tout de suite à leurs devoirs sous la bonne garde de Sandrine qui en profite pour jouer à la professeure sévère et chiante (comme je le faisais avec elle à une autre époque). Il faut bien se défouler un peu. C'est donc chacun son tour. Sauf pour Simon, évidemment, puisqu'il est le dernier, ce qui n'est pas inquiétant : on sait qu'il pourra se défouler plus tard en éclatant quelques cervelles de plus sur sa future PlayStation 23.

Je descends donc de l'autobus deux arrêts plus tôt pour récupérer Simon à la garderie et nous revenons en marchant, ce qui n'est pas une mince affaire pour un petit bout d'homme dont la longueur des jambes se calcule en centimètres. Malheureusement, il déteste autant la poussette que les siestes. Alors nous passons par les ruelles, pour rendre le trajet plus amusant.

On y croise toujours des chats – des farouches, des maganés, des affectueux, etc. –, une fresque avec des têtes de mort peintes sur la porte d'un immense garage (Simon adore avoir peur), des enfants qui jouent, des gars affairés dans une carcasse de voiture, la moitié des fesses à l'air, un poteau de téléphone affaissé sur le toit d'un cabanon, mais surtout, surtout, le jardin de madame Nardella, tapissé d'un gazon artificiel investi par tout un village de nains de jardin qui ferait pâlir d'envie le Grand Schtroumpf. C'est une merveille kitsch qu'on ne se tanne pas de regarder. On pointe alors du doigt nos objets préférés en passant la main entre les barreaux de la clôture : la maison en champignon, la brouette pleine de légumes miniatures, la minimoufette, alouette. Parfois, quand elle est dehors, madame Nardella nous laisse entrer pour qu'on puisse observer le jardin de plus près, mais sans toucher. Il y a là les efforts de toute une vie sans enfants. La pauvre femme a fait ce qu'elle pouvait pour s'entourer à sa façon d'un petit monde. Simon la contemple toujours avec beaucoup d'insistance, le pouce bien planté au fond de la bouche ; je ne sais pas trop ce qui, entre ses énormes seins et son accent italien, l'intrigue le plus. Et elle sent toujours la tomate, madame Nardella. Elle doit faire une excellente sauce aux boulettes de viande pour les spaghettis.

Par un beau lundi soir, alors qu'on rentrait comme d'habitude en passant par la ruelle, j'ai laissé Simon s'approcher de la clôture pour regarder les nains pendant que je tentais de mettre la main sur un paquet de gommes au fond de mon sac. Trouver quoi que ce soit dans mon sac est une aventure périlleuse, si bien que j'étais fort occupée quand Simon a glissé sa tête entre deux barreaux pour essayer d'attraper la grenouille aux pieds du nain pêcheur. C'était la nouveauté de l'année, ça, le nain pêcheur, l'étang, la petite grenouille et le nénuphar. Simon voulait la grenouille, c'est comme ça.

Évidemment, dès qu'il a senti que sa tête était coincée, Simon s'est mis à crier. Il hurlait en tirant pour essayer de libérer sa tête, les mains accrochées aux barreaux. Ses petits doigts potelés tentaient de tordre le métal, c'était à la fois drôle et tragique. J'ai alors laissé tomber mon sac et me suis agenouillée près de lui pour essayer de le calmer, mais rien n'y faisait, il ne m'entendait pas. Ce n'était plus un enfant, mais un petit animal paniqué qui voulait survivre à tout prix. Il luttait de tout son corps, en frappant des pieds, des mains, de la tête. Ses oreilles, qu'il tentait instinctivement d'arracher pour se libérer, s'étaient mises à enfler et à rougir.

—Arrête ça, Simon, arrête, calme-toi, c'est moi, ARRÊTE!

Complètement affolé, il repoussait mes mains qui essayaient de comprimer ses oreilles pour permettre à sa tête de repasser entre les barreaux. Toutes mes fibres de grande sœur encore calme se sont doucement mises à se nouer, comme des dominos qui s'effondrent à la chaîne, d'abord dans ma tête, puis dans ma gorge, mon ventre, laissant le champ totalement libre à la panique.

—Au secours! Au secours! À l'aide! AU SECOURS!

Je ne raisonnais plus, ne voyais plus, j'étais dans un mauvais film d'horreur. Mon petit frère agonisait par terre, le corps scindé en deux, et j'étais impuissante. J'avais besoin d'une pince de désincarcération.

—Les pompiers! VITE, LES POMPIERS!

Pour mal faire, madame Nardella devait être sortie, elle ne répondait pas à nos cris. Et je n'avais pas de TÉLÉPHONE pour appeler.

—Aidez-moi! AIDEZ-MOI! UN TÉLÉPHONE!

Les hurlements de Simon montaient en crescendo, suivant l'intensité de mon propre affolement, quand un gars s'est pointé à côté de moi, sorti de nulle part, avec une bouteille de savon à vaisselle Palmolive à la main. Sans hésiter, il s'est penché sur Simon, lui a versé la moitié du contenu sur les deux oreilles, « Ça va aller, mon petit bonhomme, bouge pas », avant de lui prendre la tête à deux mains et de la pousser doucement, mais fermement, vers son corps resté sur l'asphalte défoncé de la ruelle. Une opération d'environ cinq secondes. Fin du drame. Un seul mot : efficacité.

Simon, redevenu un simple petit garçon désemparé, s'est jeté dans mes jambes pour frotter ses oreilles collantes contre mon jeans préféré, bleu turquoise, aussitôt taché. Il me donnait en même temps des coups de poing, mécanisme nerveux par lequel il continuait d'évacuer sa peur, mais j'étais tellement contente de le voir en un seul morceau que je l'ai laissé faire en fermant les yeux. De grosses larmes chaudes s'en sont aussitôt échappées pour me strier les joues jusqu'au cou. Je n'avais pas prévu ça ! Le choc passé, l'adrénaline est retombée, mes lèvres se sont mises à trembler, j'étais à deux cheveux d'éclater en sanglots comme une pauvre Madeleine.

— Je m'excuse, j'suis allé un peu fort sur le savon. Les oreilles, c'est comme des hameçons.

Je me suis tout de suite ressaisie. Un gars et une bouteille de savon me regardaient. Un gars avec un sens de l'image.

—Euh... non, c'est correct, c'est pas grave... euh... c'est parfait...

—Je reste juste là, à côté, avec la porte de garage ouverte.

—Oh...

Deux autres gars étaient plantés devant le garage, des outils dans les mains, et nous regardaient avec insistance.

—C'EST BEAU, LES GARS!

Ils ont levé le pouce en l'air en même temps, précis comme des nageuses synchronisées, et sont retournés à leurs affaires dans l'ombre de leur atelier d'éviscération de corps mécaniques.

—C'est mes frères. On vient d'emménager ici. Pour le garage, surtout.

—Ah.

—J'ai des guenilles dans le garage pour enlever le savon, si tu veux. Y a un évier aussi pour se rincer.

—...

—Des guenilles propres.

Il s'est foutu la bouteille de savon sous le bras, comme une baguette de pain, pour essayer de cacher ses mains noires en les mettant dans ses poches. C'était parfaitement inutile, son visage et ses vêtements étaient tout aussi noirs, peut-être plus noirs. On aurait dit qu'il sortait d'une usine à charbon. Il me faisait penser aux ramoneurs dans le film *Mary Poppins*. Il devait s'amuser à quelque chose de vraiment salissant.

—Euh... non, ça va être correct, merci. On reste à deux rues d'ici.

—OK. Avec un peu de glace, les oreilles vont désenfler.

—Oh! Oui, merci. Merci. Vraiment. Merci.

Je ne radote pas d'ordinaire, mais là, j'avais un peu perdu mes moyens.

—Plaisir. Vraiment.

—Merci.

—Eh, dis-moi donc, tu vas à PGM?

La question était tellement simple que je ne l'ai pas comprise sur le coup. Et j'étais occupée, faut le dire, à garder les yeux très grands ouverts, sans cligner, pour faire sécher les larmes que j'avais refoulées. J'entendais encore mes cris d'hystérique résonner entre les murs barbouillés de la ruelle.

—Je t'ai déjà vue à l'école, me semble.

—Moi?

—Oui, toi.

—Moi?

—Oui.

—Ah oui?

—Oui, me semble. Tu vas à PGM?

—Euh... oui.

Je ne suis pas plus sourde que radoteuse, mais je n'en revenais tout simplement pas, pour deux bonnes raisons : je ne me rappelais pas l'avoir vu, lui, et je ne comprenais pas d'où il tirait la certitude de m'avoir vue, moi, l'enfant diluée à la beauté incertaine.

—Je te vois passer dans la ruelle de temps en temps.

—Ah. (Dans ma tête, ça disait encore "Moi ?")

—C'est ton frère, lui, ou tu le gardes ?

—Euh...

J'ai jeté un œil torve à la miniature merveille morveuse mollement accrochée à ma jambe. Impossible de la trahir.

—C'est mon frère.

—Wow ! Vous avez une grosse différence d'âge.

—C'est mon demi-frère.

Demi-trahison. C'est sorti tout seul. Un trou de dix ans s'expliquait mieux s'il y avait deux mères ou deux pères dans l'histoire.

—Penses-tu que ça va aller ? T'es sûre que tu veux pas une guenille ?

—Non, non... Ça va être correct.

J'étais certaine de ne pas vouloir essuyer les oreilles en chou-fleur de mon petit frère avec une guenille de garage, même propre, mais absolument pas certaine de vouloir m'en aller tout de

48

suite. Quelque chose me retenait. Ce gars-là avait sauvé mon frère armé d'une bouteille de savon et d'un calme inqualifiable.

—Azie… Azie…

Simon tendait les bras pour que je le prenne, la mésaventure avait fini de l'épuiser.

—Bon, on va y aller. Merci. Vraiment.

—Pas de quoi. Vraiment.

Mon petit frère s'est frotté la tête sur mon chandail, pour en finir avec le savon. Des traînées de Palmolive aux pommes vertes sur un chandail blanc, c'est joli.

—C'est beau comme nom, Azie.

—Euh… c'est Zazie, en fait. Problème de prononciation.

C'est mon père qui avait eu l'idée du surnom «Zazie» en me faisant prononcer à répétition la syllabe de mon nom: «za», «za», «za», pour me faire dire «Isabelle». Plus tard, j'ai vu le roman *Zazie dans le métro*, dans la bibliothèque de son bureau. C'est là qu'il m'a avoué n'avoir rien inventé. Les gens pensent habituellement qu'on s'est inspirés du nom de la chanteuse Zaz (même si elle ne chantait pas encore quand je suis née); on les laisse croire ça, puisque personne ne connaît ce livre que mon père appelle un «classique français». J'avais même décidé, un peu à la blague, que l'homme de ma vie serait celui qui ferait le lien entre mon nom et le titre du livre de Raymond Queneau. Quoi! Mes parents se sont choisis d'une façon encore plus farfelue: ma mère avait décidé que l'homme de sa vie répondrait « T'as de la neige sur l'épaule » quand elle lui dirait « T'as un trou dans ta mitaine ». Je sais, ça peut sembler complètement débile, mais c'est apparemment une réplique célèbre de LA scène romantique du film culte *La Guerre des tuques* (« culte », un film qui montre des jeunes qui se lancent des boules de neige?). Ma mère a donc choisi mon père parce qu'il a bien répondu. On repassera pour le côté romantique du trou dans la mitaine.

— C'est ton vrai nom?

— Non, c'est Isabelle.

— Isabelle? C'est encore plus beau.

Sur ces gentils mots, je me suis éclipsée avec Simon qui commençait à chigner. L'excuse parfaite. J'avais trop hâte d'appeler Ophélie pour savoir si je venais de vivre quelque chose d'excitant ou de poche. Impossible pour moi de trancher dans l'instant, les événements flottaient en apesanteur dans la gélatine de mon cerveau sans parvenir à se fixer.

— Azie?

— Hum?

— C'est quoi un demi-f'ère ?

— J'ai pas dit demi-frère, j'ai dit petit frère.

— Non !

— T'avais pas les oreilles pleines de savon, toi ?

~

— Tu lui as pas demandé son nom ?

— J'ai pas pensé à ça.

— Y est beau ?

— Euh… je sais pas.

— Comment ça, "je sais pas", Zazie, franchement ?

— Ben… y était tout crotté, je l'ai pas regardé en me demandant si y était beau…

— Mais t'as parlé avec lui, tu l'as vu, y est beau ou pas beau, c'est un ou l'autre.

— Ben, je… je… je pense que oui…

— Ouuuuiiiii !

— Énerve-toi pas de même, c'est rien !

— Y a un super beau gars qui te regarde tout le temps à l'école pis dans la ruelle pis qui capote sur ton nom pis qui t'a offert d'aller chez lui ! Zazie, allume !

— Off, le gars me voit souvent passer dans la ruelle parce que je passe souvent dans la ruelle pis qu'y passe son temps à bizouner dans son char dans le garage qui donne sur la ruelle. S'il m'a invitée dans son garage – et pas chez lui –, c'était juste pour me prêter une guenille pour enlever la tonne de savon qu'y avait foutue sur la tête de mon frère. C'est pas un "super beau gars", j'ai juste dit que je pense que c'est peut-être un beau gars, ça reste à confirmer. Pis c'est juste un gars qui joue avec des autos, comme les petits gars.

— Pis ton nom ?

— Qu'est-ce que tu voulais qu'il me réponde d'autre ? "Ouach, pas Isabelle, j'haïs ça, ce nom-là" ?

— C'est sûrement un gars intéressant, avoue.

— Y est sûrement trop en secondaire 4 ou 5.

— Zazie…

— Quoi ?

— Avoue.

— Y doit jouer à des jeux vidéo débiles.

— Avoue.

— J'ai pas ben le choix, tu vas essayer de me convaincre jusqu'à tant que tu saignes du nez.

— *Yes !*

～

Je réfléchissais à tout ça quand mon traducteur de père est venu me voir afin de me soumettre une traduction en cours, comme il le fait souvent, pour que je lui donne mon avis de « jeune ». J'avoue que ses tournures un peu beiges ne sont pas toujours accrocheuses, surtout quand il s'agit de vendre les nouvelles technologies. L'ironie de l'affaire, c'est qu'il me consulte, moi, la seule ado de toute l'Amérique du Nord, peut-être même du monde entier, à ne pas posséder de cellulaire, pour traduire des publicités de compagnies... de cellulaires. Il me fait toujours quelques entourloupettes sur la pluie et le beau temps pour donner à ses demandes un air de conversation normale.

— Allô, ma belle cocotte !

— Allô !

— Ça va ?

— Hum hum.

— Tu t'en veux pas pour l'histoire de Simon, j'espère ?

— Ça va être correct.

— Il m'est arrivé des affaires bien pires que ça avec toi, quand t'étais petite.

— Comme...

— Des affaires qui se racontent pas.

— Je te crois pas.

— Ça changerait rien que je te conte ça de toute façon. Je passais juste pour...

—Ça m'aiderait peut-être à me sentir moins coupable.

—Mais non…

—Mais oui.

—OK. Mais dis pas à ta mère que je t'ai conté ça.

—Promis.

—Je me mets dans le trouble, là…

—Papa…

—Bon. Il y a belle lurette, quand t'étais encore toute petite, c'est dur à croire quand on te regarde aujourd'hui, mais t'as déjà été petite…

—Papa…

—Ça fait que pour donner une pause à ta mère qui était enceinte de Bernadette, j'étais partie avec vous trois, Éliane dans la poussette, toi pis Sandrine à côté de moi, vos petites mains agrippées à la poussette. Tout allait bien. Arrivés au coin de la 3e, on a croisé un chantier, avec des cônes pis des barrières de sécurité. Les gars de la voirie avaient déplacé la plaque des égouts, tu sais la grosse plaque ronde qui permet de descendre dans les égouts ?

—Oui.

—Ben là, je te mens pas, j'ai pas compris, encore aujourd'hui j'y repense pis je comprends toujours pas, en une fraction de seconde, t'avais lâché la poussette, traversé la barrière pis t'étais tombée dans le trou.

— Hein ? Moi ?

— T'as lâché un cri aigu pis après... plus rien.

— Ben voyons !

— J'étais certain que t'étais morte.

— C'est haut, ça !

— Oui madame.

— Pis ?

— Pis quoi ?

— Papa !

— Pis t'es là aujourd'hui, donc t'es pas morte.

— Mais j'ai eu quoi ?

— Presque rien, en fait. T'es probablement tombée sur tes pieds avant de tomber sur tes genoux, qui étaient bien égratignés, mais sinon, rien. T'étais là, au pied de l'échelle, tu pleurnichais, comme d'habitude.

— Tu l'as dit à maman ?

— Ben oui ! On est allés à l'hôpital faire des examens, y a fallu déclarer l'accident pis tout le tralala. Mais les lieux ont été jugés bien sécurisés, t'étais passée en dessous de la barrière, comme un chat, c'est tout.

— C'est tout ?

—Non, c'est vrai, on est revenus de l'hôpital avec une prescription pour ton otite. Tant qu'à être là...

—Vous m'avez jamais raconté ça !

—Comme je te l'ai dit, ta mère aime pas y penser, c'est comme ça. Mais en passant, j'aurais une petite question de traduction pour toi.

—Tu peux pas dire "en passant", si tu changes complètement de sujet.

—Tu comprends ce que je veux dire.

—Ben oui, vas-y.

—Qu'est-ce que tu penses de traduire *"Stay connected and be hip!"* par "Restez branchés et soyez dans le coup!"? Y a un jeu de mots dans branché, comme dans branché sur une prise ou branché sur le monde électronique...

—... grâce à un cellulaire ?

—Oui, mais c'est traduire le *"hip"* qui me dérange un peu, je sais pas si ça sonne jeune, "soyez dans le coup".

—Les jeunes disent pas vraiment ça.

—L'entendez-vous, des fois ?

—Non.

—Non ?

—Ça m'arrive de le lire, des fois.

—Bon, tu mettrais quoi, d'abord ?

— C'est une pub de CELLULAIRE qui vise les jeunes ?

— Genre comme style.

— Papa, y a plus personne qui dit ça, c'est fini.

— Dommage, j'aimais ça.

— T'es sûr que je suis la bonne personne pour t'aider ? Parce que moi, les cellulaires, je connais pas vraiment ça...

— Isabelle, recommence pas.

— "Restez branchés pour ne rien manquer !" Ça fait un peu moins téteux.

— Téteux ?

— Papa, ceux qui sont tout le temps branchés sur leur cellulaire vont jamais dire "ouais, j'suis dans le coup", y vont plutôt dire "je veux rien manquer". Parce que ceux qui sont pas branchés manquent plein d'affaires...

— Ah ! Je voyais pas la chose sous cet angle-là, ça m'éclaire.

— Pis de toute façon, rester branché pis être dans le coup, ça veut dire la même chose.

— Eh oui ! La pub réinvente pas le bouton à quatre trous poétique à chaque slogan. Y a des perles, des fois, mais elles sont rares dans le cellulaire, laisse-moi te dire.

— Mais toi, dis-moi, mon petit papa adoré...

—Alerte! Alerte! Anguille sous roche.

— ... en tant que fournisseur de la compagnie, on t'offre pas des rabais pour des appareils...

—*Beam me up, Scotty*[1]!

~

Ce soir-là, j'ai d'abord inscrit ceci dans ma liste des peines :

✓ *En m'occupant des petits, je me retrouve souvent dans le trouble.*

Phrase que j'ai finalement biffée...

✓ ~~*En m'occupant des petits, je me retrouve souvent dans le trouble.*~~

... pour me tourner vers la liste des joies :

✓ *Les petits peuvent provoquer des événements... intéressants.*

---

1. Phrase célèbre du capitaine Kirk dans *Star Trek* qui peut se traduire ainsi : « Scotty, téléporte-moi ! »

3

Les vertus de la poutine

— Pour la préparation de vos exposés oraux, je tiens à vous rappeler, encore – ben oui, encore –, que le mot "intéressant" n'est pas intéressant. Non, c'est un adjectif vague qui ne dit absolument rien, rien pantoute, enlevez-moi ça de vos textes ! J'ai beau le dire et le redire, j'en entends des tonnes chaque année. L'auteur que vous avez choisi est forcément intéressant, vous l'avez "choisi" ! Moi, je veux savoir pourquoi il est intéressant, je veux savoir ce qui le distingue des autres, je veux entendre parler de sa façon d'écrire, de la struc- ture de ses œuvres, de ses thèmes de prédilection, de ses manies, même, de ce qui fait que ses œuvres ont traversé le temps ou vont le faire, je veux des mots précis, des mots signifiants, je veux pas de phrases creuses du type "c'est un auteur intéres- sant" ou "ce livre-là est vraiment intéressant".

Retournez voir les critères d'évaluation, ils sont là pour vous aider dans votre préparation. J'en profite aussi pour vous rappeler de faire attention aux généralisations abusives quand vous énoncez vos idées, il faut se méfier de tout ce qui commence par "tout", les "toujours", "tout le temps", "tout le monde", "tous", "toutes", c'est rarement vrai, faites attention, ça vous détruit une idée ça, c'est pas trop long...

Pendant que le prof se démenait à l'avant en postillonnant sa passion, dans un pantalon beige sans poches, j'essayais de fuir le local 330-B en pensant à Palmolive. On a choisi de simplifier, Ophélie et moi, au lieu de toujours dire «le gars qui a versé du Palmolive sur la tête de ton frère». De toute façon, même quand les noms ne sont pas longs, on trouve le tour de les simplifier encore. Le meilleur exemple : Ophélie est devenue Off. Ça fait un peu chasse-moustiques, mais c'est plus fluide dans une conversation. Évidemment, il est hors de question d'utiliser ce nom devant les parents d'Ophélie qui ont, comme ils nous le rappellent quand ils surprennent nos conversations, mis «un soin particulier à trouver ce beau nom inspiré d'une pièce de Shakespeare». J'imagine qu'ils ne se sont pas arrêtés à la mort tragique du personnage qui se noie par désespoir amoureux quand ils l'ont choisi.

Maintenant, il s'agissait de savoir où se trouvait le casier de Palmolive dans ce foutoir de polyvalente. Et des casiers, il y en avait à tous les étages, dans tous les corridors et les recoins possibles. La difficulté venait aussi du fait que j'avais une idée assez floue de ce à quoi il ressemblait. Entrevu sous les couches d'huile et de graisse de moteur, il ne m'avait offert que quelques repères assez communs : cheveux bruns, yeux bruns, grandeur moyenne. La moitié des gars de la polyvalente correspondent à une telle description. Que Palmolive m'ait vue à l'école n'impliquait pas forcément qu'il soit un élève de la polyvalente. Il était peut-être passé devant quand j'en sortais. Il pouvait tout aussi bien étudier dans une école professionnelle, au cégep, ou ne pas étudier du tout. C'était peut-être un décrocheur endurci, un délinquant, un drogué, un tueur, ou un fils à maman.

J'en étais encore à me faire des scénarios catastrophes quand la cloche, grande libératrice de tous mes maux, a enfin sonné. Je suis partie en courant pour aller rejoindre Ophélie à mon casier, notre lieu officiel de rendez-vous, puisqu'il est situé au sous-sol, au bout d'une rangée de casiers placés dans un corridor qui débouche sur une porte où il est écrit « Réservée aux employés ». Mais je n'ai jamais vu personne passer par là. C'est donc un endroit tranquille et relativement silencieux où déambulent seulement les élèves qui y ont un casier. Il nous arrive même de nous asseoir par terre pour manger notre dîner, quand on ne trouve pas de table libre à la cafétéria. Ça nous arrange, la cafète étant une jungle qu'on aime bien éviter, surtout quand on a des trucs puants dans nos lunchs, comme du thon ou des œufs, ou quand Ophélie mange l'un de ces plats compliqués que ses parents aiment lui concocter avec des ingrédients bizarres très parfumés dont j'ai oublié les noms. Les papilles gustatives d'Ophélie sont elles aussi sans repos, constamment stimulées par des saveurs exotiques.

Moi, j'aime les sandwichs au jambon et à la moutarde baseball (c'est le nom qu'a donné mon père à la moutarde jaune ordinaire). Chez Ophélie, cette moutarde est totalement interdite de séjour, même si Ophélie en raffole, même si les ingrédients sont simples et naturels : vinaigre blanc, eau, graines de moutarde, sel, curcuma, paprika. « Peu importe ! », comme elle le dit si bien chaque fois qu'un ennui se présente. On contourne le problème avec des sachets « empruntés » à la cafétéria, qu'on laisse dans mon casier.

Je dis que j'ai quitté la classe en courant, mais c'est juste une façon de parler. Quand les 2 000 élèves de l'école se déversent en même temps dans les corridors, c'est à chaque fois un véritable tsunami qui empêche toute forme de mouvement rapide. Il faut louvoyer à la façon d'un joueur de football pour arriver à se frayer un chemin dans cette mer humaine parsemée de «douchebags» plantés au beau milieu du corridor, comme des monolithes de pierre. Leur force d'inertie est épatante. C'est même la seule chose épatante qu'ils aient.

Devant le bureau des secrétaires de l'école, j'ai fait l'arrêt obligatoire. C'est que nous menons, Ophélie et moi, une petite étude socio-esthétique sur l'habillement des gens. Le cas des secrétaires d'école est particulièrement intéressant. Si les enseignants portent assez souvent[1] des vêtements jugés confortables (jeans, chandails mous, pantalons de coton avec ou sans poches, petite laine en

---

[1] On fait attention à nos choix d'adverbes pour ne pas faire de généralisations abusives ; il y a des secrétaires habillées «confo» et des enseignantes juchées haut, évidemment. Mais j'en profite tout de suite pour déroger à cette règle et dire que nous avons officiellement statué que les pantalons sans poches ne font bien à **personne**. Nous appliquons la méthode scientifique basée sur l'observation des faits, et ceux-ci nous donnent jusqu'ici raison.

fausse laine, etc.), très peu de bijoux et, la plupart du temps, des souliers plats, les secrétaires, elles, sont juchées sur des talons d'une hauteur improbable et jambonnées dans des tailleurs ou autres vêtements «administratifs» très moulants aux couleurs… étonnantes. Ce jour-là, justement, la secrétaire rousse (notre sujet d'observation préféré) portait un magnifique tailleur blanc et des échasses d'un blanc éclatant. Je n'ai pas eu le temps de bien voir, mais j'aurais gagé n'importe quoi qu'elle portait aussi des boucles d'oreilles, un collier, des bracelets et une montre assortis.

Quand je suis arrivée à mon casier, Ophélie n'était pas encore là. J'ai pris mon temps pour changer mes livres et vérifier l'état de mes cheveux dans le miroir collé sur la porte en jetant un œil pour voir venir Ophélie. Si j'avais eu un cellulaire, elle aurait pu me texter, mais… Mais.

Au moment où je commençais à penser qu'il se passait quelque chose de louche – Ophélie n'est vraiment pas du genre à manquer un rendez-vous –, j'ai vu apparaître au loin Palmolive en personne. Pal-mo-li-ve. Pas de doute, c'était lui. Il se dirigeait vers le fond d'un corridor sans issue, donc vers moi. Moi? Mou-a? Mon cerveau, pris de panique, s'est empêtré dans ses commandes et m'a fait avaler ma salive au moment même où je prenais une grande respiration de stupeur. Devinez ce qui arrive quand on avale et respire en même temps? Eh bien oui, on s'étouffe, et joyeusement à part ça. Je me suis donc mise à tousser comme une tuberculeuse, à chercher de l'air en battant des bras et en faisant des flexions inélégantes. Une belle danse de Saint-Guy. Évidemment, mes yeux se sont remplis de grosses larmes impossibles à contenir. Le gars finirait par croire que je passais ma vie à pleurer.

Arrivé à ma hauteur, il s'est arrêté. Il ne pouvait pas aller plus loin de toute façon. Je crois avoir vu de la pitié dans ses yeux. Il a posé sa main sur mon épaule et s'est légèrement penché.

— Ça va?

— Keufff... ouais... keuuuuuufff... ça... keufff... va...

— Penche-toi pas comme ça, tu peux pas respirer.

— OK, là, keufff... ça va, j'suis... keufff... correcte. Ça va. Keufff. Super. Keufff.

Je me suis relevée pour mieux respirer. Il m'a souri. Je m'étais trompée, c'était de l'empathie dans ses yeux, ou quelque chose de doux, comme un sentiment ouaté. Il avait de longs cils de princesse et une mâchoire de bûcheron, très carrée.

J'ai essuyé mes larmes et lui ai souri à mon tour, entre deux soubresauts de keufff keufff.

—Je voulais juste te remettre ça, je pense que c'est à ton demi-frère. C'était sur le bord de la clôture.

Il tenait dans ses mains propres un bonhomme Playmobil sans cheveux, sans chapeau ni rien. Le genre de bonhomme que je donne à manger à l'aspirateur quand c'est ma corvée de ménage. On ne pouvait même pas dire si c'était à l'origine un pirate, un cowboy ou un chevalier. Et Simon ne l'avait jamais réclamé.

—Ah! Merci, c'est super gentil, mon frère le cherchait partout.

—*Good!*

—Il va vraiment être content, merci.

Je sais, on dirait un mensonge, mais peut-être qu'il le cherchait partout et qu'il ne me l'avait pas dit. Et il y a des mensonges qui font du bien.

—OK, ben salut, Zazie.

Mon cerveau, complètement remis de ses disjonctions électriques et de nouveau parfaitement oxygéné, a décidé d'intervenir pour empêcher que la conversation ne meure comme ça, en plein vol. J'ai balayé mes cheveux vers l'arrière pour libérer ma belle ligne de sourcils et lui ai lancé mon plus beau sourire.

—S'cuse, c'est quoi ton nom?

J'ai dit ça comme ça, un peu sur le ton de « T'as d'beaux yeux, tu sais? », je n'ai pas fait exprès. Pour un peu, j'ajoutais « beau gosse » à la fin de ma question.

—Jean-Guy.

—Jean-Guy?

—Oui, Jean-Guy.

—… ah.

—Je sais, c'est de même. J'ai eu le nom de mon père.

—Ça doit être mêlant.

—Pas vraiment, y est mort.

—Oh!… s'cuse, je…

—Mais non, c'est correct, ça fait longtemps.

—Ah…

—Tout le monde m'appelle Jean.

—C'est beau, Jean.

—Ou Johnny.

—J'aime mieux Jean.

—Moi aussi.

—…

—…

—Je me demandais…

La cloche maudite, cette grande broyeuse de rêves, a retenti tout juste à ce moment-là.

—Merde, faut que j'y aille, j'ai même pas pris mes livres. Bye !

—Ah... OK... bye.

Il s'est fondu dans la masse des corps qui obéissaient à l'appel des cours. Dès l'instant où je me suis retrouvée seule, j'ai eu comme l'impression que j'allais tomber dans un grand trou, encore. Je suis restée là, sur place, tétanisée comme une statue de sel, mes livres de maths dans les bras sans trop comprendre où je devais aller. Ophélie n'était même pas là. La réalité se désintégrait en molécules de rien. J'ai regardé ma montre, puis mon horaire, et encore ma montre, mon horaire, mes livres, mon horaire, ma montre, ma belle ligne de sourcils dans le miroir, mes livres, ma montre, mon horaire : local C-442. Mais où était donc ce local ? Qu'est-ce qu'un local ? Qu'est-ce que j'irais faire dans un local, à 10 h 22 ? Pourquoi étais-je là, toute seule, dans un corridor vide ?

Évidemment, je suis arrivée en retard au cours de maths. J'ai bredouillé une excuse plausible – quelque chose comme la perte de mes livres dans mon casier bordélique – et me suis retrouvée au secrétariat pour quémander, comme une demi-douzaine d'autres élèves, un billet de retard signé. Comme j'en étais à ma première infraction du genre, ça me donnait l'impression d'être une hors-la-loi. En plus, ça me permettait de voir que j'avais eu raison pour l'ombre à paupières et pour la montre de la secrétaire. Je n'avais cependant pas pensé aux faux ongles, longs et peinturlurés de façon savante.

— Tiens, ma belle.

C'était une excellente journée pour ce genre de compliment. J'étais presque capable d'y croire.

~

Quand je suis rentrée de l'école, Ophélie m'attendait chez moi, assise dans l'escalier. Son visage était si décomposé que j'ai eu de la difficulté à la reconnaître.

— Off ?

— Hum.

— Ça va ?

— T'es pas avec Simon ?

— Ma mère le ramasse cet après-midi.

— Ah.

— Qu'est-ce qui se passe ?

— …

— T'étais pas à l'école aujourd'hui ? Je t'ai pas vue en maths.

— Non.

Je me suis assise à côté d'elle, sans parler. Quelque chose s'était coincé dans sa gorge et bloquait les autres mots. J'attendrais que le nœud se défasse, que le motton se dissolve, comme le fait ma mère avec moi (je finissais toujours par déballer mon sac). De toute façon, je ne savais pas quoi dire. Mon histoire Palmolive-Playmobil attendrait. Dans le moment, ça risquait de l'intéresser autant qu'une recette de salade de tofu et brocoli.

— …

— …

— …

— …

— …

— …

— …

— …

— …

— …

— … (Parle, Off, *please* !)

— …

— … (As-tu poché ton examen d'éthique et culture de la mante religieuse ?)

— …

— … (Ton prof de violon déménage en Alberta ?)

— …

— … (T'as perdu ton iPhone ?)

— …

— Palmolive s'appelle Jean-Guy.

L'humour est un « grand péteur d'abcès », selon mon prof de français. C'était tentant d'essayer.

— Non !

— Oui.

— Non !

— Comme son père.

— …

— Je te jure.

— Pffffffffffff…

Juste comme elle se mettait à rire en se tenant le ventre, Sandrine est sortie en courant, Éliane et Bernadette sur ses talons. Elle était complètement affolée.

— PATATE S'EST SAUVÉ PAR LA PORTE D'EN AVANT !

— Comment ça ?

— J'AI VOULU PRENDRE LE COURRIER PIS Y S'EST SAUVÉ !

— Merde ! On te le dit tout le temps de fermer la deuxième porte !

— JE SAIS, MAIS LÀ Y EST PARTI !

— Par où ?

— PAR LÀ !

Nous nous sommes toutes mises à courir dans la direction que pointait l'index de Sandrine.

Devant l'urgence de la situation, on a vite remballé nos peines, nos questions, nos histoires. On aurait bien le temps d'y revenir.

Patate ne peut plus sortir depuis un bon moment : il ne voit plus, n'entend plus et n'arrive plus à revenir tout seul à la maison. Toutes ses virées dehors se terminent par l'appel d'un voisin ou d'un parfait inconnu qui dit avoir trouvé notre numéro de téléphone autour du cou d'un chat qui miaulait désespérément à sa porte. On a donc fait le choix déchirant de le garder à l'intérieur, ce qu'il n'apprécie de toute évidence pas du tout : il tente la fuite à chaque ouverture de porte. Bon, il ne va pas très loin ni très vite, mais ce n'est pas moins une fuite.

En fait, Patate est le chat de ma mère, celui qu'elle a acheté quand elle était enceinte de moi, pour se « pratiquer à élever un petit être vivant ». Mon père a beaucoup ri quand elle est revenue de l'animalerie avec cet irrésistible tas de poils et cet argument bidon. Elle avait tout simplement craqué devant le minou de la vitrine. On ne s'étonnera pas que les premiers surnoms qu'elle m'ait donnés soient « chaton », « mimine », « petit minou » et autres variations sur le même thème. Toujours roulé en boule parfaite quand il dormait, pattes et tête rentrées comme un hérisson de poil, il avait l'air d'une patate poilue, d'où son nom. On doit lui donner ça, c'est un chat qui a toujours su honorer son nom.

Une fois dans la ruelle, nous nous sommes séparées pour fouiller les dessous des balcons, les coins, les descentes d'escaliers. Il se traînait toujours partout, à pas de tortue, avec un arrière-train qui ne suivait plus très bien ce que le devant lui commandait de faire. Il ne pouvait donc pas être bien loin.

Les petites sont retournées attendre à côté du téléphone pendant qu'Ophélie et moi explorions la ruelle suivante en marchant vers la 18e. Donc, vers la ruelle de Palmolive. Je ne tenais pas à me retrouver face à lui, ou plutôt face à ses fesses si je le trouvais plongé dans la carcasse d'une voiture. J'aurais l'air de quoi s'il me demandait ce que je faisais là? «Euh... je cherche mon chat.» N'importe quoi.

Comme je rebroussais chemin, j'ai entendu un douloureux crissement de pneus qui venait de la rue. Le bruit n'a pas été suivi d'un froissement de métal, de cris ou d'engueulades, comme dans les accidents, mais j'ai pensé qu'il valait mieux vérifier. On ne sait jamais. Le malheur frappe au hasard.

Quand j'ai tourné le coin de la rue, j'ai tout de suite su que ça n'allait pas: une voiture était immobilisée au milieu de la chaussée et des gens regardaient à cet endroit précis, comme s'il y avait quelque chose à voir. Tout le monde était calme, personne ne pleurait ou ne s'arrachait les cheveux comme dans les scènes d'accident de films, ce n'était donc pas grave. Ophélie était déjà là quand je suis arrivée près de la voiture, ses fines mains de soie blanche croisées sur sa bouche, comme pour retenir un grand cri. Le reste s'est passé au ralenti.

Patate était étendu, tout près du trottoir, son corps tordu dans une position insolite, comme un robot à moitié dévissé. Une de ses pattes avant était agitée de spasmes nerveux stroboscopiques. Je me suis agenouillée près de lui, dans le silence le plus absolu de la foule, et j'ai mis ma main sur sa tête, doucement, pour ne pas le briser davantage. Il a entrouvert un œil, comme s'il pouvait encore voir, et l'a refermé aussitôt. J'ai continué à le caresser derrière les oreilles et sur le dessus de la tête, mais il ne ronronnait pas. Son cœur battait à une vitesse affolante et soulevait son corps broyé. C'était fini, ça se voyait de partout. J'ai essayé de lui murmurer quelque chose de réconfortant.

— Hé! Vieille Patate! Tu t'en vas au paradis des chats? Maudit chanceux, y a des montagnes de manger mou là-bas, tu vas voir...

Je pleurais tant que je n'arrivais plus à prononcer un seul mot. Tout semblait s'être figé dans la rue. Ophélie est venue me rejoindre, la face inondée, les mains tremblantes. Ce n'était décidément pas une bonne journée. Une vraie «journée de marde», en fait.

Puis tout s'est arrêté, doucement. Sa patte s'est posée sur son flanc, son corps a cessé de se soulever et tous ses muscles ont lâché prise. J'ai eu soudainement peur. Son âme de chat pouvait très bien m'avoir frôlée en se poussant.

Et comme ça, sorti de nulle part, Palmolive s'est agenouillé à côté de moi avec, dans ses mains noires, une couverture grise. L'un de ses frères se tenait à côté de lui.

— Isabelle, faudrait l'emmener.

— Hum hum.

— Ça va être plus facile avec une couverture.

— Hum hum.

— Veux-tu que je le fasse?

— Hum hum.

Je pleurais trop pour répondre autre chose. Le frère de Jean, plus grand, plus costaud aussi, s'est penché pour l'aider.

— Les tripes sortent-tu par en dessous?

— Non, y est tout d'un boutte.

Après avoir déposé la couverture, il a glissé doucement ses mains sous Patate pour l'attraper en entier, d'un seul coup. J'ai fermé un œil, pour voir à moitié, j'avais trop peur qu'il se brise par le centre et que ses tripes se répandent sur l'asphalte en un grand splash morbide. Mais le pelage a tenu bon et j'ai pu le regarder finir l'emballage.

Dans la couverture, Jean a replacé les pattes arrière pour qu'elles forment, avec le reste, un chat normal. Il a lentement rabattu et coincé les pointes du tissu pour en faire une petite momie solide, en prenant soin de laisser sa tête sortie, sa belle tête de minou endormi pour toujours. Ma mère m'avait montré à faire la même chose avec les petits, quand ils étaient gros comme des chats. Il l'a ensuite déposé dans mes bras, avec mille précautions. Ce gars avait des gestes d'infirmier. Ça lui était peut-être venu à force de soigner des voitures.

Nous n'avons rien dit. Je l'ai regardé dans les yeux, sans chercher à cacher ma face rougie, mes paupières bouffies, la morve au-dessus de ma lèvre. La plus belle ligne de sourcils du monde n'aurait pu racheter une telle désolation. C'était peine perdue.

Nous nous sommes mises en marche, Ophélie et moi, solennelles et droites. Je ramenais à la maison un corps qui dévasterait tout le monde.

Ma mère la première. Dans mon for intérieur, je souhaitais qu'il se réveille, que son cœur se ranime et que tout rentre dans l'ordre. À voir sa jolie tête de chat endormi, on croyait la chose possible. Qu'est-ce que mourir, sinon dormir plus longtemps que d'habitude ?

Ma mère est sortie en courant quand elle m'a vue approcher. J'entendais ses « Mon Dieu ! Mon Dieu ! » de loin, même si elle ne croit en aucun dieu. J'ai ralenti un peu. Arrivée devant moi, elle s'est penchée sur Patate, lui a caressé la tête avant de me le prendre comme un bébé tout neuf.

— Patate, maudine ! Maudine ! Fallait pas que tu sortes, maudine de grand niaiseux ! Patate ! Maudine !

Ça peut sembler manquer de poésie, lu comme ça, mais avec le son et les larmes, c'était du pur tord-boyaux. Normal, c'était son premier enfant. Quatorze ans de vie, aussi. Je ne pouvais même pas être certaine qu'elle me pleurerait autant, moi qui n'en avais que treize et trois quarts.

Lorsque nous sommes rentrées dans la maison, le drame a pris une autre dimension : Sandrine s'est effondrée de douleur, littéralement sciée par la culpabilité.

— C'est de ma faute ! De ma faute ! Si j'aurais pas ouvert la porte…

— Si j'avais...

Je sais, j'aurais dû me la fermer.

— TA GUEULE, TOI! TA GUEULE!

— Sandrine, calme-toi, c'est pas de ta faute.

— MAIS OUI, C'EST DE MA FAUTE, SI... À CAUSE DE LA PORTE! J'AI OUVERT LA PORTE!

Éliane et Bernadette pleuraient aussi, collées l'une contre l'autre, comme des siamoises. Elles étaient nées comme ça, toujours promptes à épouser d'un même souffle toutes les causes. Elles auraient fait d'excellentes pleureuses. Simon, de son côté, pleurait parce qu'il pensait avoir fait mal à Bernadette. Quand? Comment? Aucune importance. Tout le monde pleurait.

Ma mère s'est alors ressaisie, m'a redonné le chat, et s'est donné pour tâche de ramener la paix dans le monde. Elle a pris Simon dans ses bras et s'est approchée de Sandrine qui se mortifiait sur le divan.

— OK, tout le monde s'assoit, les grandes aussi. Ophélie, tu peux rester, t'as vécu le drame. Sandrine, c'est pas de ta faute! Tu m'arrêtes ça tout de suite.

— Oui, mais...

— J'AI DIT NON! Tout le monde ouvre la porte de la maison en oubliant Patate. C'est normal, y fait juste ça de ses journées, essayer de sortir. C'était ma décision de plus le laisser sortir, c'était une mauvaise décision. Si c'est la faute de quelqu'un, ben c'est de ma faute. C'est arrivé à tout le monde de le laisser sortir, à TOUT LE MONDE. D'ailleurs, levez la main ceux et celles qui ont déjà laissé sortir Patate sans le vouloir.

Je vous laisse deviner le métier de ma mère. Sans hésiter, Simon a levé la main, il adore ça (il ne connaît jamais les réponses aux questions, mais l'intention est là). Les petites l'ont imité sans rechigner, trop impressionnées par la gravité du moment pour contester quoi que ce soit. Ma mère a elle-même levé la main, comme une bonne élève, avant de me foudroyer de ses yeux bouffis encore pleins de larmes. Je me suis tournée vers Off, qui avait déjà le bras dans les airs. C'est une fille très accommodante. J'ai donc fait pareil, avec mon seul bras libre.

—Bon, tu vois, Sandrine, tout le monde l'a laissé sortir à un moment donné. L'accident aurait pu survenir n'importe quand, à chaque fois qu'y est sorti, à chaque fois. Si c'est arrivé aujourd'hui, c'est juste du hasard.

—MAIS LÀ Y EST MORT !

—Oui, y est mort.

Elle a ravalé sa salive plusieurs fois.

—Y serait mort de toute façon, Sandrine. C'était un très vieux chat, très très vieux, malade aussi, pis très fatigué. Y aurait pu mourir demain matin, tout seul, comme ça. Y était de toute façon sur le point de mourir.

—MAIS Y S'EST FAIT ÉCRASER À CAUSE DE MOI!

—Y s'est pas fait "écraser", y s'est fait frapper. Regarde dans les bras de ta sœur, y dort maintenant, y est bien. Y a sûrement moins souffert comme ça qu'en traînant encore une longue maladie qui l'aurait fait souffrir pendant des semaines, peut-être même plus. Pis y est mort dehors, sa place préférée au monde, c'était mieux pour lui que de mourir dans la maison ou chez le vétérinaire.

Au moment précis où tout le monde venait de se remettre à pleurer la mort finalement heureuse du chat, mon père est entré avec sa valise et sa bonne humeur habituelle de fin de journée.

—Allô tout le monde! OK, je sens que j'ai manqué quelque chose.

Simon avait encore la main levée.

—Oui, Simon?

—Je pas fait mal à Bénanette.

—Non?

—Non.

—Bernadette, ton frère t'a fait mal?

Elle a seulement balayé l'air d'un grand non.

—Bon, une affaire de réglée.

Les yeux de mon père ont fait le tour de la pièce, sont tombés sur moi, puis sur Patate.

—Oh! Patate fait dodo.

—Genre.

—Un long dodo?

—Un très très long dodo.

—Ça y est, *he's gone…*

Il a cherché des yeux ma mère qu'il a regardée avec beaucoup de tendresse. Je crois que les parents qui ont beaucoup d'enfants apprennent à s'embrasser sans se toucher. Moi, ça m'arrange, je trouve ça moins dégoûtant.

Sa valise déposée, mon père s'est avancé en souriant tristement pour caresser la tête de son vieil ami. Ils en avaient passé du temps ensemble à traduire, ces deux-là, installés dans le bureau du sous-sol. Patate était assurément un chat bilingue.

—Hé! Vieille branche! C'est fini, t'es parti…

Ses yeux se sont embués. Quatorze ans, quand même, quatorze ans de caresses et de petits soins. Ses doigts faisaient des ronds sur la tête de sa vieille branche de chat.

—Bon, on va aller l'enterrer avant qu'y commence à sentir.

Ma mère avait besoin de se mettre en action. Il avait beau être mignon comme tout, il ne fallait pas oublier qu'il avait enclenché son cycle de décomposition. Je me suis empressée de refiler le chat à mon père avant qu'il ne se mette à sentir mauvais. Ma mère s'est mise à la recherche des clés du véhicule de transport de groupe.

—Euh... chérie? On s'en va où, là?

—Au cimetière. On a le temps de régler ça avant le souper.

—Quel cimetière?

—Je veux qu'on l'enterre avec mon père.

—Avec ton père? Mais y a pas de lot prévu pour le chat dans le cimetière...

—Je sais, c'est pas grave. On a juste à faire un trou à côté de la pierre tombale pis à l'enterrer là.

—Mais on peut pas faire ça!

—C'est quand même ça qu'on va faire.

—Tu sais qu'on peut se faire arrêter pour profanation de tombe si on se fait prendre.

—Personne va nous voir.

—C'est pas très discret, creuser une tombe.

—Personne va nous voir.

—Pourquoi pas dans la cour?

—Parce que je veux qu'il soit avec mon père. Pis dans la cour, les enfants finiraient par le déterrer en jouant.

— Bon. J'imagine que c'est ça qui est ça.

— Oui, c'est ça qui est ça. Les enfants vont faire diversion si le gardien nous tourne trop autour. Hein, les enfants ?

— OK !

Une vraie équipe.

À voir ma mère placer le chat dans un grand sac de sport et préciser sans hésiter quels outils de jardin il fallait aller chercher dans le cabanon, on aurait pu croire qu'elle avait enterré des cadavres toute sa vie. Je trouvais ça plutôt amusant. Je l'imaginais m'avouer, prise entre deux contrats impossibles à camoufler, qu'elle était tueuse à gages. Si c'était vrai, je n'aurais plus à craindre personne, ni à l'école ni ailleurs. Pas que j'aie eu à me plaindre de quoi que ce soit jusque-là. Ophélie et moi, on est plutôt du genre transparent à l'école, on passe sous le radar des intimidateurs.

Ophélie nous a suivis après avoir envoyé un texto à sa mère pour lui dire qu'elle rentrerait un peu plus tard. À l'exception de Sandrine, qui n'en démordait pas – elle avait tué Patate –, c'est elle qui semblait au plus mal. Je mourais d'envie de lui demander ce qui la dérangeait tant, mais j'attendrais. Il y a des moments, dans la vie, qui mettent du temps à se trouver un trou dans l'horaire.

~

Ce que ma mère n'avait pas pu prévoir, c'est qu'elle ne pourrait se résoudre à déterrer l'un des plants de fleurs déjà en place. L'un d'eux venait de sa mère (ma grand-mère Marie-Paule), l'autre de sa sœur Marion, l'autre de ses anciens collègues, alouette. Il a donc été décidé qu'il fallait enterrer Patate sous la pelouse, directement devant la tombe. Là où il est interdit de planter quoi que ce soit, évidemment.

Armé de sa pelle en métal et de sa patience légendaire, mon père s'est mis à découper un carré de gazon qu'il s'est échiné à détacher pendant au moins quinze bonnes minutes. Une fois le carré mis de côté, nous avons creusé la terre avec nos petites pelles pour la déposer dans des chaudières en plastique apportées exprès pour le surplus. Ma mère avait prévu le coup, il fallait un grand trou à cause du sac de sport en cuir qui servirait de cercueil. J'étais très soulagée de voir le sac Adidas 1987 finir comme ça, ma mère ayant souvent essayé de me le refiler pour aller à l'école. Il disparaissait donc à jamais de nos vies pour une noble cause. Une fois les chaudières pleines, les petits couraient vers le boisé tout près pour disperser la terre, comme Tim Robbins dans *À l'ombre de Shawshank*, l'un des films préférés de mon père. On se garderait les dernières chaudières pour recouvrir le sac de quelques pouces de terre. Suffirait ensuite de replacer le carré de pelouse et l'affaire serait ketchup.

Mais le gardien ne nous lâchait pas, il faisait des allers-retours dans le cimetière en nous épiant. Éliane et Bernadette s'ingéniaient à lui poser des questions niaiseuses pour l'occuper, mais il y répondait en continuant de nous observer. Lorsqu'il revenait vers nous, mon père replaçait le carré de pelouse sur le trou, ce qui n'aidait pas beaucoup : dès les premiers pouces de terre enlevés, la pièce de gazon s'enfonçait de façon très inhabituelle dans le sol, comme s'il y avait un glissement de terrain de forme carrée précisément à cet endroit-là. Et comme nous ne jouions pas dans un film américain de troisième ordre, où les gardiens de cimetière sont de parfaits imbéciles, il a fini par venir voir ce que nous faisions réellement.

— Mais voulez-vous ben me dire ce que vous faites là pour l'amour du bon Dieu ?

— Euh… rien.

— On aurait dû venir plus tard en soirée. Je te l'avais dit.

— C'est quoi ce trou-là dans le gazon ?

— C'est juste un trou.

— Un trou pour quoi, bonté divine ?

Parfaitement synchrones, les petites du milieu se sont mises à pleurer. Simon a suivi, pour ne pas être en reste. Sandrine pleurait déjà, et quand Ophélie s'y est mise, j'ai bien senti que ce n'était pas le trou qu'elle pleurait. Si ça pouvait lui servir à se libérer d'autre chose, tant mieux.

Ma mère a pris une grande respiration avant de lui raconter, en quelques phrases d'une précision chirurgicale, la mort du chat (elle l'a sorti du sac pour le lui montrer), les quatorze ans de vie partagés, le choc pour les enfants, l'amour du grand-père et le besoin du rassemblement dans la mort. N'importe quoi.

— En plus, c'est lui qui nous avait donné le chat, vous comprenez.

En la voyant mentir avec un tel aplomb, j'ai compris d'où me venait ma propension au petit mensonge qui ne fait pas mal. La pomme ne tombe jamais loin du pommier, à ce qu'on dit.

Le gardien nous a finalement aidés à terminer le travail. Il est allé chercher sa brouette, sa pelle, a creusé et nivelé le terrain, et même ajouté des graines de gazon dans les parties qui avaient souffert des coups de pelle amateurs de mon père. Il ne voyait aucun problème moral à transgresser ainsi les lois du cimetière pour un cas comme le nôtre. La sagesse de cet homme nous a tellement étonnés que ma mère l'a invité à rester pour son oraison funèbre.

—Patate, vieil et fidèle ami, tu emportes avec toi aujourd'hui nos peines, nos larmes, nos confidences murmurées pendant quatorze ans. Tu nous auras aidés à surmonter nos malheurs quotidiens en ronronnant, en te laissant caresser. Tu auras aussi pardonné aux enfants toutes les tortures qu'ils t'ont infligées quand ils étaient petits, et moins petits..., merci, vieille Patate poilue, on ne t'oubliera jamais. Tu vas nous manquer, beaucoup, beaucoup, beaucoup...

Et sur ces mots, toute la troupe s'est remise à pleurer. Le gardien gardait les yeux fermés.

—On ne pourra jamais te remplacer, vieille Patate, mais on va accueillir dès demain un autre chat pour poursuivre ton œuvre.

Et toute la troupe s'est mise à crier.

—Yééééé!

—Je veux le choisir!

—Non, moi!

—Non, moi!

—Moi!

—Moi!

—STOP! STOP! STOP!

Ma mère a levé le bras pour calmer les ardeurs et prendre la parole comme un chef d'État autoritaire.

— On choisira rien pantoute !

— Aaaaaaaaaah ! (Cri de déception, en chœur.)

— On va faire une bonne œuvre en adoptant le chat d'une collègue dont la fille est malheureusement allergique.

— Y est de quelle couleur ?

— Y est-tu vieux ?

— ON S'EN FOUT ! C'est un chat qui va finir à la SPCA si personne le prend, donc on va l'accueillir chez nous pis on va l'aimer comme un neuf.

— Mais y va encore mourir !

— Mais non, c'est pas un vieux chat, y a un an ou deux, maximum trois.

— Hon ! ce sera même pas un bébé chat super *cute* ?

— Non, ça va être un beau chat adulte super *cute*.

— …

— OK ?

— …

— J'entends rien : OK ?

— OK.

À voir la face de mon père, je ne crois pas qu'il était au courant des projets de ma mère. Mais ne voulant pas être en reste question déclarations-chocs, il annonça qu'il y aurait, pour souligner le départ de l'un et l'arrivée de l'autre, une grande tournée de poutines saucisses et de sandwichs au rosbif le soir même. Évidemment, Ophélie était invitée à se joindre à nous. L'humeur d'à peu près tout le monde est spontanément revenue à son niveau d'avant-mort. On sous-estime beaucoup le pouvoir de la poutine.

Dans la voiture, j'ai pris place à l'avant avec mon père pour permettre à ma mère de s'asseoir avec Sandrine qui n'en finissait plus de s'autofla-geller, malgré la promesse d'une poutine. Elle finirait peut-être par avoir besoin d'un psy. Les parents d'Ophélie nous refileraient de bonnes références.

Je ne sais pas ce qui m'a pris, mais j'ai eu le goût de discuter avec mon père du grand cycle de la nature.

— Pa'?

— Hum?

— Un corps dans une tombe, là, c'est comme du compostage au ralenti?

— Oui, si on veut.

— Donc, les corps s'en vont dans la terre, les insectes pis les animaux pis tout le reste les man-gent, transportent ça un peu partout, sur d'autres terres, par exemple, pis nous, on mange des légumes poussés dans ces terres-là pis des animaux nourris avec des molécules de corps?

— Ouin.

— Donc, en mettant les corps dans la terre, on finit par en manger des bouts?

— Mettons que c'est un gros raccourci, mais oui.

— C'est dégueulasse!

— Franchement, on parle de molécules même pas visibles à l'œil nu.

— Quand même.

— Ben oui, les hommes ont toujours mangé leurs ancêtres.

— Ouach!

— C'est naturel.

— Pis ceux qui restent proche des cimetières pis qui se font des jardins dans leur cour mangent plus de molécules de morts que les autres?

— Euh… peut-être.

— C'est vraiment, vraiment dégueulasse.

— Mais c'est la même chose pour la mer.

— De quoi, la mer?

— Y en a en tabarouette du monde qui meurt dans la mer, pense juste aux migrants sur des rafiots qui coulent en route. Je lisais justement, hier, trois mille morts dans la Méditerranée cette année! Pis ça, c'est ceux qu'on a pu compter.

—Ouin.

—Alors, quand on va à la mer, pis qu'on joue dans l'eau, ben on en boit une tasse pis une autre pleines de molécules de cadavres! On s'en met partout, dans la bouche, les cheveux, les yeux, la craque des fesses...

—OK, je vais vomir!

—Pis c'est la même chose pour le pétrole. On en bouffe, du pétrole.

—Papa! J'ai mal au cœur...

—Mais c'est vrai, c'est le cycle de la vie! Pour les cadavres, pas pour le pétrole.

—*Just stop talking, please.*

—Ah! Ça me fait penser, je vais avoir une petite question de traduction pour toi tantôt.

J'ai ouvert la fenêtre, le temps de retrouver mes esprits. Quelques minutes plus tard, au service à l'auto, l'odeur de la poutine m'a ravigotée.

~

Notre soirée funéraire a été toute simple, et surtout sans légumes dérangeants. On a mangé en riant et en se taquinant, sans trop penser au chat. Nous étions réunis en plein soir de semaine (pas de devoirs ni de leçons, pas de piano pour les filles, pas de violon pour Sandrine) autour d'un très mauvais repas pour la santé, mais magique pour l'esprit. La poutine, en faisant du mal à nos corps, soignait un peu nos âmes. C'est une loi biologique qui fonctionne à l'envers du gros bon sens, c'est comme ça. Nous avons mangé à même les plats en carton ciré aussitôt envoyés dans un grand sac-poubelle non compostable. On ne pouvait échapper à la corvée de vaisselle sans augmenter notre empreinte écologique. Il faut assumer ses choix.

Quand Ophélie a reçu un texto de sa mère, elle m'a fait signe qu'elle devait y aller. Elle a remercié mes parents une bonne dizaine de fois avant de se lever de table.

À moitié à la blague, mon père lui a offert de ramener chez elle une des trois grosses poutines commandées en trop (débordement d'enthousiasme devant le petit micro). J'aurais à ce moment-là parié que la mère d'Ophélie n'avait jamais prononcé le mot « poutine » de sa vie.

—Ben, peut-être. Je vais texter ma mère.

Tout le monde s'est tu, attendant le moment où elle relèverait la tête en disant « c'est une blague ! », mais les textos ont fait des allers-retours en un temps éclair pour donner à l'échange une tournure des plus inattendues.

— Ma mère dit que ça lui ferait plaisir. Elle veut par contre que je vous la paie. Elle vous remercie d'avance.

Ma mère s'est d'abord étouffée, puis levée précipitamment.

— NON! keufff keufff! Non non! keufff! Keufff! C'est à nous que ça fait plaisir, vraiment, dis-lui qu'on serait keufff keufff! insultés si elle nous payait. On allait les jeter de toute façon, ça se garde pas, de la poutine. Keufff!

— OK d'abord, je vais lui dire. Merci encore pour tout.

— Merci à toi d'avoir été avec nous. Plus on est de monde pour une même peine, moins ça fait mal.

Il y avait là quelque chose d'un peu vrai. Même si ça se voulait gentil, ce n'était pas très réconfortant pour Ophélie, l'enfant très unique.

Je l'ai raccompagnée jusqu'à la porte. Ma mère lui avait fait un paquet enveloppé dans quinze mètres de papier d'aluminium pour qu'elle ne se salisse pas. J'ai pensé que là, au moment de partir, vu qu'on se retrouvait seules, je pouvais peut-être tenter de savoir ce qui lui donnait son air triste.

— T'sais, Off, je me demandais si…

—Mes parents se séparent.

J'ai ressenti comme une chaleur dans le ventre et mes jambes sont devenues molles, comme quand je vois un gros morceau de peau arrachée et du sang.

—Merde! Off! Merde!

—Ça va être correct.

—Mais Off, t'as rien dit de la soirée...

—Justement, ça m'a fait du bien de penser à autre chose. Je pense juste à ça depuis hier.

—Tu m'as même pas appelée!

—J'étais sonnée.

—Mais qu'est-ce que tu vas faire?

—Rien.

—Tu vas déménager?

—Non. Mon père garde la maison, ma mère déménage pas loin, elle se cherche un appartement, ou un condo, un truc pas d'entretien. Mon père va rester à l'hôtel le temps que ma mère s'organise pis déménage ses affaires. C'est mon père qui...

—Ils t'ont annoncé ça de même, en vrac?

—Oui.

—Mon Dieu, Off...

Je me suis remise à brailler comme un veau en la serrant dans mes bras, la poutine aplatie entre nous deux. Elle s'est accrochée à moi comme si elle se retenait de tomber dans un trou, ses ongles de petit chat apeuré plantés dans mon dos. Ma pauvre petite Ophélie, si fragile, si douce. On allait la déchirer, la briser, la broyer. Elle pleurait comme une poupée de porcelaine émiettée.

—Oh! Euh... les filles, je... l'autre chat arrive demain soir, ce sera pas long... euh... je peux aller te reconduire, Ophélie?

Devant notre silence mouillé de fin du monde, mon père est rentré sans poser d'autre question. Il comprend quand il est de trop.

Nous avons remis à niveau la poutine, essuyé nos larmes et marché jusque chez elle, sans parler. Quand est venu le temps de nous séparer, elle m'a souri.

—À demain.

—À demain. Ça va aller?

—Oui. Pis toi?

—Oui, ça va être correct.

Nous n'allions pas faire l'erreur de nous mettre à comparer nos douleurs. Toutes les douleurs sont légitimes. D'ailleurs, si on se lançait dans le jeu des comparaisons, qui aurait le droit de se plaindre? Il suffirait d'ouvrir le journal pour trouver remède à sa souffrance et il n'y aurait pas beaucoup de psy en Amérique du Nord.

J'ai regardé Ophélie rentrer chez elle, l'enfant unique qui allait bientôt devenir 2 X 0,5 enfant pour deux familles. Ce ne serait pas de la tarte d'être une fraction dans le grand écartèlement qui s'annonçait.

~

—Allô, ma belle cocotte!

—Allô.

—Ta sœur va dormir avec ta mère.

—J'avais remarqué.

—Ça va finir par passer. L'autre chat devrait aider, peut-être, en tout cas, on verra…

—Ouin, on verra. Tu peux me la poser, ta question.

—Oui? Je te dérange pas? C'est juste pour vérifier.

—Hum.

—Pour la phrase *"Our Standard and Smart plan categories contain the same great features"*, j'ai mis: "Nos forfaits standards et futés comprennent les mêmes fonctions intéressantes." J'hésite un peu pour "futé", ça fait peut-être téteux?

—Non, je trouve pas.

—Non?

—C'est le mot "intéressantes" qui me dérange.

—Pourquoi?

—Parce que ça veut rien dire. On n'en parlerait pas si c'était pas intéressant.

—Ou... in.

—Si tu mettais "intelligentes", ça ferait au moins un jeu de mots avec "futé", pis les options seraient moins gnangnan.

—Ah! Oui, c'est vrai, pourquoi pas.

—Hé.

—OK. Merci beaucoup.

—De rien.

—Euh... est-ce que ça va, toi?

—Oui.

—T'es sûre?

—Hum.

—Sûre?

—...

—Avec Ophélie, tantôt, je pensais peut-être que...

—Ses parents se séparent.

—Oh! Ben voyons donc, ben voyons donc...

Et je me suis remise à brailler, les vannes étaient restées ouvertes. Il s'est penché et m'a prise dans ses bras. Quand j'ai de la peine, je rapetisse beaucoup. Nous sommes restés comme ça un bon moment.

—Wo! C'est toute une journée, ça!

—Une maudite journée de marde.

—Oui, une journée de marde. Mais tu sais c'est quoi la grande qualité de cette journée-là?

—Hum?

—'Est finie.

—Pfff!

—Vu que Sandrine dort avec ta mère, je devrais peut-être dormir dans son lit plutôt que dans le salon. Qu'est-ce que t'en penses?

—Ça va être correct.

—Je le sais que ça va être correct, mais tu veux que je vienne ou pas?

—Comme tu veux.

—Parfait! J'amène des *Calvin and Hobbes*.

On a tenu le malheur à distance, ce soir-là, à coups de Spiff le spationaute et de bonshommes de neige qui vomissent des aubergines imaginaires. On a même franchement ri par moments. On sous-estime aussi beaucoup les vertus de la bédé.

On aurait tout le temps de digérer le reste, plus tard, à petites doses.

～

Le lendemain matin, j'ai repris ma liste des joies pour faire un ajustement:

✓ *Les petits peuvent provoquer des événements...* ~~intéressants~~ *prometteurs.*

Puis j'ai fait un petit ajout, inspiré par ma mère :

✓ *Les peines partagées en grosse famille sont plus faciles à vivre.*

J'ai gardé le Playmobil comme porte-bonheur. Chez nous, de toute façon, les jouets appartiennent à tout le monde.

4

Chose, comme dans Dyane

La mère d'Ophélie s'est rapidement dégoté un beau petit condo à quelques rues de l'autre maison. Elle tenait absolument à ce que la vie d'Ophélie, contrairement à la sienne, n'éclate pas en morceaux à cause des «hormones de son père», les principales accusées dans cette affaire de séparation. Non seulement elle tenait le coup mieux qu'on ne l'aurait cru, mais elle se montrait sous un tout autre jour: elle faisait maintenant du jogging, portait du mou et sauçait même ses pogos dans la moutarde baseball. Je découvrais aussi que sa mère était une belle femme. Le laisser-aller lui allait comme un gant, la rajeunissait, lui donnait du houmpf! Ophélie croyait qu'elle s'autodétruisait; il me semblait plutôt qu'elle renaissait.

Le père d'Ophélie, de son côté, venait à peine de finir de remplacer les meubles emportés par son ex quand il a annoncé à sa fille qu'il avait « quelqu'un dans sa vie ». Oui, déjà ! La vie est courte. Le quelqu'un en question, mieux connu sous le nom « Hormones de son père », s'appelait en réalité Diane.

On a décidé, Ophélie et moi, de détester Diane pour deux raisons toutes simples : ça nous faisait du bien et elle était franchement facile à détester.

D'abord, elle écrivait « Dyane » quand elle signait quelque chose d'informel, comme des notes laissées au père d'Ophélie. En mettant la main sur son permis de conduire (oui, on avait fouillé dans son portefeuille), nous avions découvert qu'elle s'appelait banalement Diane. Ce changement d'orthographe très « sixième année » nous avait semblé du dernier mauvais goût pour une femme de son âge. Comme ses cheveux trois couleurs (deux couleurs de mèches plus le fond de tête).

Aussi, toujours à cause du portefeuille, nous avons découvert qu'elle avait douze ans de moins que monsieur Chamard. Ouach ! C'est presque le nombre d'années qui nous sépare, Simon et moi. Il ne me viendrait jamais à l'idée de sortir avec un gars de l'âge de mon frère !

Malgré son jeune âge, Dyane s'adressait à nous en truffant ses phrases de « ma chouette » ou « ma belle », comme une vraie matante. Ce qu'elle ne semblait pas très bien comprendre, c'est qu'on ne lui appartenait pas et qu'on ne lui demandait surtout pas de commenter notre apparence, encore moins de nous affubler de petits noms d'animaux.

Comble du malheur, elle était végétarienne, adorait tous les légumes, du pois chiche à la betterave, en passant bien sûr par l'infâme brocoli. Et les choux de Bruxelles[1]. Elle préparait aussi des mixtures dégoûtantes avec des graines de chia (qui s'écrit exactement comme le verbe dans la phrase « Elle chia. ») et du lait à toutes sortes d'affaires avec lesquelles on ne devrait pas faire du lait. On refusait toujours ses invitations à souper en se réfugiant chez nous ; s'il y a de la bouffe pour sept, il y en a pour huit, comme le disent si bien mes parents. Vu les circonstances, ils trouvaient normal de l'accueillir le plus souvent possible. Et je sentais que ma mère se payait secrètement une petite vengeance de femme en contrariant Dyane.

Ophélie n'arrivait pas à dissimuler sa haine. Un beau jour, trop habitué à une docilité toute

---

1. Nous n'avons jamais ressenti le besoin de haïr les choux de Bruxelles, simplement parce que c'est un aliment qu'on rencontre beaucoup plus rarement dans notre alimentation. Ignorer leur existence nous paraît suffisant jusqu'à maintenant. Nous prendrons des mesures quand cela s'imposera.

naturelle chez son enfant, le père d'Ophélie lui a suggéré de consulter un psy pour se libérer des sentiments malsains qui « empoisonnaient son cœur ». Ce jour-là a signé pour elle la fin de l'ère des consultations.

—Quoi? Moi? Un psy? Moi? T'es complètement bouché ou quoi? C'est toi qui as besoin d'un psy! As-tu consulté, toi, avant de démolir notre famille pis de remplacer ma mère par une nunuche? Tu t'es jamais dit que t'avais un maudit problème d'hormones? Si y a quelqu'un de malade ici, c'est pas moi, c'est toi!

Bon. On ne s'est pas vues pendant quelques jours, Ophélie ayant été placée en réflexion prolongée dans ses appartements (elle avait tout le sous-sol pour elle, il y a pire comme prison). Contrairement au désir de son père, elle n'en est pas venue à regretter ses paroles, mais seulement à détester davantage Dyane, qui s'est vu décerner, à partir de ce jour, le surnom de « Chose ». On avait décidé, nous aussi, de se permettre une fantaisie orthographique en conservant seulement la dernière lettre de son nom.

Ce que son père lui trouvait, à cette fille, on ne le comprenait pas. Bon, oui, peut-être: elle avait le dernier modèle de iPhone.

Pendant ce temps, de mon côté, les choses avaient assez peu évolué avec Palmo (après un vote unanime, on avait choisi ce nom, plus exotique que Jean, et on oubliait complètement le nom du savon en le coupant en deux). Même si chacun de ses regards était devenu une étape marquante de ma vie, je sais qu'aux yeux du monde, ça ne voulait rien dire. En fait, je vivais intérieurement une grande histoire d'amour qui ne se voyait pas.

Au lendemain de l'enterrement de Patate, ma mère m'avait préparé un paquet avec une bouteille de savon à vaisselle et une couverture d'urgence pour voiture, la même que celle qui se décomposait dans le cimetière, fusionnée aux molécules de notre ex-chat qu'on finirait tous par bouffer. Elle y avait glissé un mot pour remercier le garçon de sa « grande sollicitude » envers nous.

— Va donc y porter ça, ce serait fin.

— Je vais avoir l'air de quoi, avec ça ?

— D'une fille reconnaissante qui lui ramène ses affaires généreusement sacrifiées pour nous.

— Non, je vais avoir l'air tarte.

— Ben laisse faire, je vais y aller moi-même.

— Tu sais pas c'est qui.

— Oui, je l'ai vu dans le garage avec ses frères l'autre jour, j'suis passée par la ruelle pis Simon me l'a montré.

— …

— C'est quoi donc, son nom ?

— Laisse tomber ! Je vais y aller.

— Sûre ? Je peux y aller avec toi.

— Ça va être correct.

Je me suis pointée dans la fameuse ruelle, encombrée d'un sac ridicule. C'était un début de soirée chaude pour l'automne, j'y suis allée sans veste. Notre nouveau chat, Patate-2 (oui, je sais, c'est le choix des petits), m'a suivie jusqu'au coin de la rue avant de sagement rebrousser chemin. Pourquoi s'éloigner d'une maison chaude, d'un plat de bouffe qui se remplit par magie et courir le risque de perdre une batterie de quatorze mains caressantes ? Il s'est installé chez nous comme s'il y avait toujours vécu. C'est une espèce de chat élastique qui ronronne même quand les petits l'écartèlent façon torture médiévale. Le chat parfait pour une trop grosse famille. Il est libre de sortir quand il le veut, mais ne dépasse jamais les limites du pâté de maisons. Bon chat.

Quand j'ai entraperçu le garage éclairé, grouillant de formes vivantes en action, j'ai failli faire comme le chat. Mais j'ai été retenue par l'envie de voir Palmo, ses mains noires, son toupet graisseux.

J'avais besoin de nourrir mon histoire d'amour imaginaire.

J'ai avancé encore de quelques pas, souhaitant un moment voir sans être vue.

—Hé! Johnny, t'as de la visite!

Les ombres ont bougé un peu. L'une d'elles s'est détachée du reste du groupe et s'est dirigée vers moi. Je demeurais sur place, figée dans la mélasse du jour mourant, incapable de me donner un air naturel.

—Salut!

—Salut!

—Ça va?

—Oui, toi?

—Oui.

—...

Wow! Une conversation d'anthologie. Je ne trouvais rien à dire et j'avais oublié le sac que je tenais dans mes mains.

—Veux-tu venir voir le char qu'on remonte?

—Euh... oui, OK.

Je l'ai suivi dans le fameux garage où travaillaient ses deux frères, l'air soucieux. Ils plongeaient le haut du corps à tour de rôle dans la carcasse éventrée, hochaient la tête, repartaient chercher d'autres outils, sacraient, replongeaient, parlaient, sacraient, etc.

—On est partis de rien pour ce char-là. On a un moteur de Honda Civic *top shape,* mais faut refaire tout le reste.

Il a continué son explication en enchaînant tout un tas de mots compliqués tirés du jargon des initiés de l'automobile pour me décrire la bombe qu'ils entendaient construire à partir d'un moteur et d'une carcasse maganée. Je n'aurais pas davantage compris s'il m'avait parlé en mandarin. Mais comme il avait l'air très satisfait, j'ai pensé que ce serait gentil d'y aller d'un bon mot qui montrerait que j'avais bien suivi.

—Wow! Ça va être un superchar!

Les frères m'ont souri de leurs belles dents blanches mises en valeur par la noirceur de leur visage. Ils avaient tous les mêmes yeux indéfinissables, tellement trop beaux. J'avais trois Palmo de tailles différentes devant moi, un blond, deux bruns. Dé-rou-tant. Heureusement qu'ils ne m'ont pas dit leur nom, je ne les aurais pas retenus.

—Veux-tu une cannette de quèque chose?

—Une cannette?

—On a du Pepsi, de la Root Beer, du Seven Up pis de l'Orange Crush.

—OK, Seven Up.

—Y a de la bière aussi.

—Innocent! Écoute-le pas.

Je me suis souvenue du sac en prenant la cannette qu'il venait de tirer d'une glacière posée à nos pieds.

— Ah! Tiens, j'oubliais! C'est du savon pis une couverture. Je pense que c'est la même. En tout cas. Y a aussi un mot de ma mère. Pour dire merci. Bon, c'est ça.

— Ah! Ben merci!

— Non, merci à toi.

— Mais qu'est-ce que vous avez fait avec le chat?

— On l'a enterré.

— Chez vous?

— Non, au cimetière.

— Au cimetière?

— Ouin, c'est une histoire compliquée.

— Dans un cimetière d'animaux, comme dans *Pet Sematary*, de Stephen King?

— Euh... non, pas vraiment, dans un cimetière d'humains, avec mon grand-père.

— OK, cool. Tant mieux, c'est plus *safe*.

— Oui, tant mieux.

— T'as lu Stephen King?

— Non, ben non.

— Tu devrais, c'est complètement *freakant*. Quand un animal ou un humain est enterré dans le cimetière indien, y ressuscite, mais y devient maléfique, le petit gars va même tuer sa mère. Lis-le, c'est *freakant*.

Les deux frères ont lâché la voiture un instant, le temps de me faire des «oui oui» enthousiastes de la tête. Complètement *freakant*.

—Cool, j'adore les histoires d'horreur. (Archi-faux!)

—Pis les oreilles de ton demi-frère sont correctes?

—Oui oui, oui, super, sont parfaites. Tout est correct.

—*Good!*

J'ai tout à coup senti le Playmobil dans le fond de ma poche, comme s'il venait de prendre feu. Je savais bien qu'il ne sortirait pas de là tout seul, le bonhomme pas de cheveux et pas de chapeau, mais j'angoissais à l'idée que sa forme ne se laisse deviner à travers le tissu de mon jeans. Il m'aurait trouvée *freakante* s'il avait su que je l'avais gardé pour m'en faire un grigri.

—Bon, j'y vais, tout le monde m'attend.

—Johnny, va avec elle, y fait noir.

—Ben oui, je viens avec toi.

—Non non non, non, franchement, je reste à côté, dérange-toi pas. Y fait pas vraiment noir, les rues sont éclairées quand même.

—T'es sûre?

—Ben oui, je te jure, merci, ça va être correct.

—OK.

—Ben, bye, les gars !

—BYE !

Et voilà ! Je venais de laisser filer la seule chance que je n'aurais jamais de me retrouver seule avec lui, hors de l'école. Le prétexte était beau, le soir parfumé, les astres alignés. Je ne trouvais pas de mots pour me qualifier, à part « grosse épaisse ». Ophélie n'en revenait pas.

—QUOI ? T'aurais pu *frencher*, t'es ben niaiseuse ! C'était ta chance ! Qu'est-ce que tu fais ? Allô !

—Y a peut-être une blonde.

—Mais non, on le saurait, franchement !

—Pas grave, j'ai un autre plan : Stephen King.

—Wow ! Bravo ! Je te ferais juste remarquer que c'est pas un plan, ça, mais le nom d'un auteur.

—Justement, y aime Stephen King. Il m'a parlé d'un livre de cimetière de chats ben *freakant*. Ça va me faire un sujet de conversation pour l'aborder.

—OK, pis tu penses que tu vas être capable de lire ça ?

—Pourquoi pas ?

~

J'ai dû emprunter *Simetierre* à la bibliothèque de la ville parce que l'école ne tient pas de Stephen King dans son catalogue. À voir la joyeuse couverture, on ne pouvait pas les en blâmer.

J'ai tenu le coup jusqu'au moment où le petit garçon de deux ans se fait renverser par un camion. J'aurais voulu m'arrêter avant, mais le garçon courait dans le champ et mes yeux le suivaient sur les lignes.

Dans les semaines qui ont suivi, je n'ai plus lâché la main de Simon en revenant de la garderie. Il ne pouvait plus ramasser un caillou sans moi. Quand il se débattait trop pour se défaire de mon emprise, je le prenais dans mes bras, de force. Il criait comme un damné, mais je ne le lâchais pas. Évidemment, j'évitais la ruelle pour ne pas avoir l'air d'une marâtre complètement folle aux yeux d'On-sait-qui. Je craignais à tout moment de voir Patate revenu d'entre les morts, chat zombie bien décidé à nous écorcher vifs. Et je ne restais jamais seule avec Patate-2, parce que rien ne nous disait que l'histoire des allergies de la collègue était vraie. D'où venait vraiment ce chat ?

Nous formions une belle paire, Sandrine et moi, à cauchemarder la nuit dans la même chambre à propos du même chat, mais pour des raisons tout à fait différentes : elle aurait voulu qu'il ressuscite, et c'était ce que je craignais le plus. Bref, j'étais bien avancée : je ne dormais plus que d'un œil et je n'avais pas lu le foutu livre. Échec lamentable du plan Stephen King.

~

C'est à peu près à cette époque qu'Ophélie et moi avons transformé un samedi soir ordinaire en une joyeuse petite virée. C'est qu'en allant nous chercher quelque chose à boire dans le frigo du sous-sol (oui, ils ont deux frigos pour trois personnes chez Ophélie, cherchez l'erreur), nous avons découvert des boissons alcoolisées aux fruits, celles qu'aime tant boire Chose quand elle revient du travail. Il y en avait aux framboises, aux pommes grenades, aux canneberges, aux pamplemousses roses, alouette, dans des emballages d'une laideur inouïe. Bah ! Seulement 5 % d'alcool, du petit lait. Nous nous sommes dit qu'elle ne s'apercevrait pas de la disparition de deux bouteilles, parmi les deux douzaines qui se tenaient au garde-à-vous sur la tablette du bas.

Le père d'Ophélie ne descend jamais au sous-sol, sauf pour des interventions techniques, comme baisser le chauffage, remplir le frigo, etc. Quand il veut parler à Ophélie, il passe la tête par la porte du rez-de-chaussée et crie à se fendre les poumons, comme si nous étions à l'autre bout du monde. Impossible de ne pas l'entendre venir. Le sous-sol était donc l'endroit de rêve pour boire tranquillement nos « emprunts ».

La première gorgée de passion kiwi-lime a été un vrai délice. C'était comme une boisson gazeuse surréaliste.

— Goûte, c'est débile !

— OK, mais goûte à ça, c'est vraiment trop bon.

Nous nous sommes ainsi partagé les bouteilles, pour que nos papilles gustatives puissent se retaper, à chaque gorgée, l'émoi de l'explosion chimique. On a bien vite compris que notre cerveau acceptait l'idée du pamplemousse seulement parce qu'il y avait un dessin du fruit sur la bouteille. Quand on fermait les yeux, il n'était plus possible de reconnaître quoi que ce soit. Ça aurait très bien pu être de la cerise, de la banane, de la papaye ou n'importe quoi. À peu près tout sauf du brocoli. Aucun chimiste au monde ne gaspillerait sa science à essayer de reproduire chimiquement le goût du brocoli.

Nos corps, habités de saveurs exotiques, tenaient plus difficilement en place. Ophélie s'est donc mise à sauter sur son lit en suivant le rythme de la musique et en mimant des pauses sexy. À chaque impulsion, ses cheveux, ses bras et sa jupe se soulevaient comme s'ils étaient en apesanteur avant de retomber sur son corps qui repartait aussitôt. Elle sautait en bobettes turquoise, question de confort, en baragouinant dans un anglais très approximatif les paroles des chansons qu'on faisait jouer. J'avais mal au ventre tant je riais.

—Viens, Zazie, c'est cool!

C'était en effet comme sauter sur un trampoline, sauf qu'après une dizaine de sauts où nos têtes frôlaient le plafond, la base du lit a déclaré qu'elle n'avait pas été conçue pour ça, y allant d'un grand craquement sec qui nous a propulsées sur le tapis moelleux.

Ophélie s'est mise à rire si fort que j'ai eu peur que son père ne descende pour voir ce qui se passait.

—Merde, Ophélie!

—On dormira à terre! Pfff... ha ha haaaaaaaa!

Nous avions réglé l'affaire plus tôt avec nos parents: je dormais chez elle, avec elle, dans ce lit désormais bon pour les poubelles. Bon, il suffirait de mettre le matelas à terre dans le salon de lecture qui jouxtait la chambre d'Ophélie, et le lendemain on raconterait à son père que le lit nous avait lâchées pendant la nuit, éreinté par le poids de nos corps. Le poids de nos corps après une grosse soirée de chips au ketchup.

—Yééé! On se maquille!

—Bonne idée!

Dans la coiffeuse d'Ophélie (le meuble, pas la personne qui lui coupe les cheveux), il y avait des trésors de maquillage inutilisé. Elle ne se maquillait jamais, n'en voyait pas l'intérêt. Comme ses tantes n'avaient pas remarqué ce fait, elles lui offraient du maquillage pour sa fête et à Noël depuis quelques années déjà. Moi, je ne mettais que du mascara, mais j'en mettais toujours, juste pour ne pas avoir l'air malade. J'avais fait le test de façon très scientifique: si je n'en mettais pas, tout le monde s'inquiétait de mon humeur ou de ma santé. Alors j'en mettais, point.

Nous avons déballé de nombreuses palettes d'ombre à paupières placées en spirales accordéon ou en escalier, deux mascaras Revlon ordinaires (comme le mien) et un mascara Féline de Lise Watier (!?!), un gros fard à joues dans une huître en plastique et d'autres fards à joues avec des houppettes de princesse parfaitement propres, deux fonds de teint naturels et une quantité impressionnante de brillants à lèvres, tous dans des teintes de rose. Par contre, à l'écart, dans un petit étui de velours, il y avait un rouge à lèvres rouge vif, «rouge pétant», comme dit ma mère, pareil à celui que portent les femmes fatales dans les films. Le genre de rouge qui, par je ne sais quelle magie, reste toujours humide.

— Waaaou ! Moi, je mets lui.

— Moi aussi.

On a mis un pouce de fard et d'ombre à paupières sans que ça paraisse vraiment, mais nos lèvres étaient carrément sublimes. On a joué à faire des moues devant le miroir, à se donner des airs de femmes fatales en remontant nos cheveux et en mettant nos lèvres en cul de poule. On a joué aux stars, aux mannequins à l'air bête et aux chanteuses pop avec nos manches de brosses à cheveux. Ce qui nous a justement donné envie de nous occuper de notre chevelure.

Une fois tout l'attirail de fers et de brosses sorti, on s'est attaquées au paquet de nœuds qu'elle était devenue. En une demi-heure de travail sérieux, on ressemblait à la moitié des filles de l'école avec nos cheveux raides comme de la broche. Évidemment, on en a profité pour se taper quelques imitations méchantes, notamment des filles du Clan des leggings.

On appelle «Clan des leggings» un groupe de filles de l'école qui se tiennent ensemble et font la loi en écœurant tout le monde à coups de phrases assassines et de jambettes généreusement distribuées au passage. Elles se ressemblent étonnamment sur à peu près tous les plans : elles portent de longs cheveux raides, trop de maquillage, des leggings peu avantageux et des chaussures à semelles trop compensées. Quand on les voit, Ophélie et moi, on ne peut s'empêcher de chuchoter l'une de nos phrases préférées en détachant bien les syllabes : « Les leggings ne sont pas des pantalons. » En fait, le legging se trouve même un échelon sous le pantalon sans poches dans la hiérarchie du vêtement moche. Et vu la teneur des conversations de ces filles, on présume que leur cerveau doit avoir la taille de celui d'une palourde. D'une grosse palourde.

Les fruits exotiques nous moussaient encore assez le cerveau pour qu'on arrive à trouver drôles nos simagrées devant le miroir. Dans un autre contexte, on se serait trouvées ridicules.

Quand Ophélie a sorti son téléphone pour immortaliser ce qui méritait d'être oublié, l'effet toxique s'est rapidement dissipé.

—Néééééooooo ! T'es-tu malade mentale ? Veux-tu que tout le monde nous traite de putes à l'école lundi matin ?

—Mais franchement, on n'est pas toutes nues !

— C'est tout comme ! Donne-moi ça.

On s'est chamaillées quelques minutes avant que j'arrive à mettre la main sur le téléphone. J'ai tout de suite couru dans l'escalier qui mène au rez-de-chaussée de la maison, sachant parfaitement qu'Ophélie ne m'y suivrait pas.

— Merde, mais qu'est-ce que tu fais ? Mon père va venir voir !

— Chut !

J'ai écouté quelques secondes, puis j'ai ouvert la porte et fait quelques pas pour cacher le téléphone, sans qu'on me voie, entre le four à micro-ondes et les planches à découper. Ophélie n'oserait pas venir fouiller à cet endroit, encore moins le faire sonner. Son père devait être au salon avec Chose.

Ophélie m'a détestée pendant une éternité, ce qui veut dire au moins quinze minutes. Elle m'a traitée de tous les noms, même de certains dont j'ignorais le sens (je n'avais jamais entendu le mot « gull »). Elle a ensuite fait des tentatives de coups de pied et s'est mise à bouder, comme ma petite sœur Bernadette quand elle n'est pas contente. Je ne l'avais jamais vue péter les plombs avant. Je me suis promis de retourner voir les ingrédients des boissons exotiques.

— Tu vas me remercier demain matin, Off.

— Va chier ! Va chier !

—OK, calme-toi, tu délires.

—T'es pas ma mère!

—Une chance!

—Va chier!

—Tu fais juste ton maudit bébé.

—Va chercher mon téléphone.

—Tu veux faire quoi avec ton téléphone, mettre une *tite* photo de toi sur Internet?

—J'ai le droit! Je veux mon téléphone!

—Pas tant que j'suis là. Tu *scraperas* ta vie un autre jour!

—Je veux mon téléphone! Je veux mon té-lé-pho-ne! JE VEUX MON TÉLÉPHONE!

—Continue de même pis c'est ton père qui va venir te le porter, TON MAUDIT TÉLÉPHONE!

Prise en sandwich entre son besoin de téléphone et sa peur de voir arriver son père, elle s'est laissée tomber sur les restants de son lit qui se sont aplatis au sol dans un grand fracas audible à des années-lumière.

—Meeeeeerde!

—Pffffffffff…

Nous avons plissé les yeux de concert en attendant ce qui ne pouvait manquer de suivre: l'arrivée du père d'Ophélie.

—OPHÉLIE? OPHÉLIE?

—Oui, papa?

Avec une petite voix tranquille teintée d'un tout-va-très-bien.

—C'est quoi ce gros boum-là que je viens d'entendre?

—Ah, ça! Rien, c'est rien... pfffffff...

—Ça peut pas être rien, chérie, on l'a entendu jusqu'en haut.

—Ben, c'est que... c'est que... on fait de la gym pis Zazie a frappé le mur en faisant une roue latérale.

—Où elle est, Zazie?

—Je suis ici, monsieur Chamard!

Même petit ton niais pour calmer le jeu. Cela a semblé le rassurer, il n'est pas descendu.

—Est-ce que ça va, tu t'es fait mal?

—Non non, je vais avoir maximum un bleu, ça va être correct.

—Sûre?

—Oui, juré, tout va bien.

—Pis le mur va bien?

—C'est ben beau, même pas fait de marque, papa.

—Bon. Ce serait l'heure de vous coucher là, les filles.

—OK!

—Bon, bonne nuit. Lâchez la gym, un peu. On se met au lit, nous aussi.

— OK, bonne nuit !

S'il était descendu, il n'aurait pas pu manquer, dans les yeux d'Ophélie, la petite lueur de folie qui s'y était installée. Et le lit brisé.

— Faut qu'on installe le matelas dans le boudoir pour dormir.

— Tantôt, viens, on va se promener.

— Se promener ? Où ça ?

— Où on veut, partout.

— Off, franchement, où veux-tu qu'on aille à cette heure-là ?

— On va suivre le vent.

— Le vent, rapport !

— Moi j'ai le goût d'aller me promener.

— Y est 11 h du soir, Off.

— Pis ?

— ...

— Zazie, viens, Zazie... (Elle disait ça en faisant la binette attendrissante du chat Potté dans *Shrek*.)

— Mais il va où, le vent ?

— On verra. On s'habille, y fait pas chaud.

Nous sommes donc sorties par la porte du sous-sol et avons marché en suivant le vent pendant un bon moment, jusqu'à ce qu'on croise une église, dans le quartier voisin. Comme les grandes portes étaient barrées à quadruple tour, nous nous sommes contentées de jouer à glisser sur les rampes d'escalier, sans nous tenir. Seul point de contact permis : les fesses, pour l'équilibre. Au dixième coup, Ophélie a fait une culbute spectaculaire pour se retrouver à genoux sur les dernières marches du palier de béton râpeux. Ses jeans déchirés laissaient voir qu'elle saignait du genou droit. J'ai eu une petite chaleur au ventre.

—Merde, Off !

—C'est pas grave, on s'en fout.

—Tu saignes !

—Oui, ça fait longtemps que je me suis *magané* un genou.

—Moi aussi.

—C'est bizarre.

—Ça fait mal ?

—Na !

On est reparties comme ça, Ophélie clopinant, le cœur léger. C'était la première fois de notre vie qu'on marchait dans la ville sans but, à minuit, un samedi soir. C'était plus grisant que je ne l'aurais cru. Ce n'était plus la même ville. Les portes des maisons, par exemple, faiblement éclairées par les lanternes électriques avaient l'air plus épaisses, plus grandes. C'était difficile d'imaginer qu'elles protégeaient des gens ordinaires, des vies banales comme les nôtres. Et Ophélie trouvait que sa blessure ajoutait du charme à l'affaire.

Quelques coins de rue plus loin, nous nous sommes arrêtées dans un parc pour essayer d'y trouver de l'eau, histoire de boire un peu et d'arroser la plaie. Les lampadaires, plantés stratégiquement, éclairaient le terrain de baseball désert, les estrades à moitié défoncées, et des terrains au loin aménagés pour d'autres sports de balle ou de ballon, probablement. Ce qu'on voyait moins à première vue, mais qui pullulaient parmi les grandes taches d'ombre, c'étaient des groupes de jeunes et moins jeunes en train de *chiller* sur les tables à pique-nique. Aux petites mouches à feu qui tachetaient l'air, on devinait les cigarettes ; au bruit clinquant des bouteilles et des pshit! de cannettes, on devinait qu'on y buvait... des choses qu'on ne voyait pas.

— Off, on va laisser faire l'eau.

— On a le droit d'être dans le parc nous aussi.

— J'suis pas certaine que c'est de même que ça marche.

— Qu'y viennent m'écœurer, voir!

— Voir quoi? Fais pas l'épaisse.

Comme je me disais que je perdais mon temps à discuter avec elle, deux ombres nonchalantes se sont avancées vers nous.

— On a-tu des tites filles à môman qui sont pardues icitte?

Je ne sais pas si une injection d'Epipen peut fournir autant d'adrénaline que le ton grinçant d'une voix de demi-truand dans l'oreille d'une « tite fille à môman ». Ophélie ne s'est pas prise pour Chuck Norris longtemps et m'a suivie en courant. Si les entraîneurs de basket nous avaient vues courir, Ophélie aurait été nommée capitaine de l'équipe, minimum. Nos cheveux raides planaient dans le vent et nous filions comme des comètes apeurées. Impossible pour eux de nous suivre. Avec des pantalons sous les fesses pour bien montrer leur « caneçon » à la mode, une casquette à palette droite tombée sur les yeux et des espadrilles avachies « avec pas de lacets », ils auraient eu l'air de débiles légers s'ils avaient essayé de courir. On s'est permis un petit ralentissement de gloire un demi-kilomètre plus loin. En jetant tout de même de fréquents regards derrière nous.

Quand Ophélie a vu l'autobus arriver au coin de la rue, elle m'a tirée par la manche.

— Viens, on le prend.

— Mais non ! J'ai pas ma passe !

— C'est pas grave.

Une fois devant le chauffeur, nous avons joué les martyres, du genre on n'a pas nos passes, on se fait courir après, les voyous, la peur, la police, etc. Il n'en avait rien à foutre qu'on ait ou pas nos passes. Il ne pouvait ni ne voulait nous jeter dehors.

— Si vous vous faites pogner par un inspecteur sans votre droit de passage, c'est 500 piasses d'amende chaque.

— Sont où les inspecteurs ?

— C'est ça le jeu, on le sait pas ! Peut-être qu'y en a un dans le bus en ce moment...

Il nous a fait un petit sourire de gars content de sa blague. C'était de bonne guerre, il n'allait quand même pas commencer à jouer les gros bras avec les non-payeurs, en plus de conduire. Alors on s'est doucement dirigées vers le fond de l'autobus, en affichant une mine naturelle, pour ne pas éveiller les soupçons. Après tout, on n'était hors-la-loi qu'à moitié, elles étaient seulement chez nous, nos passes. Et ça se voyait qu'on venait d'échapper à quelque chose de grave ; on aurait pu se faire voler, violer, battre, torturer, tuer. Et même pire !

Une fois assises, l'adrénaline est retombée et nous nous sommes mises à rire nerveusement, un peu jaune en fait. Les vitres de l'autobus tapissées de nuit noire nous renvoyaient nos visages marqués d'un cerne rouge en leur centre encore humide. Le rouge à lèvres femme fatale avait tenu ses promesses.

Et Ophélie avait oublié son genou.

Bercées par le roulis et la chaleur réconfortante du bus, nous nous sommes presque endormies en regardant défiler les portes épaisses et les tripes de la ville mises à nu par la lune, en kaléidoscope. On s'est payé un tour complet, c'était si bon.

Heureusement, ce trajet faisait une grande boucle et nous ramenait à quelques coins de rue de chez Ophélie, un peu plus au nord. On ne mettrait qu'une dizaine de minutes en trottant pour arriver chez elle.

Sur notre chemin, nous avons croisé l'école primaire Saint-Joachim dont la cour, entièrement éclairée, ne semblait pas squattée par des voyous. C'était une école toute neuve avec des modules de jeux sortis tout droit de la science-fiction. Nos cerveaux d'ados ont mis quelques minutes à comprendre comment s'y prendre pour y «jouer». Certaines structures cubiques sont demeurées un parfait mystère.

L'escalade d'une espèce de fourmi géante psychédélique sur laquelle on pouvait faire des choses aussi folles que «s'asseoir» nous conduisait à un grand mât de métal et caoutchouc qui permettait de pivoter sans fin en utilisant le poids du corps. Le genre de truc qui me donne mal au cœur, même quand je me contente de le regarder.

Je crois qu'Ophélie en était à son cent millième tour quand elle s'est enfin sentie mal. Je regardais ailleurs depuis longtemps. Elle a tout lâché en criant avant d'aboutir dans le tapis de copeaux de cèdre sûrement plein de pisse de chat et de merde de chien. Et c'est dans cette mauvaise posture qu'elle s'est mise à vomir, en partie sur elle-même, mais surtout dans la litière de copeaux.

En quelques jets d'une puissance athlétique (c'était décidément une soirée sportive pour elle), elle a régurgité tout ce que son estomac gardait encore de chips et de boisson exotique. Une fois la purée nauséabonde expulsée, Ophélie est tombée comme morte, à côté de son tas.

— Off, lève-toi, tu vas rouler dans ton vomi.

— Za… zie…

Je l'ai prise sous les bras pour la tirer un peu plus loin, comme pour l'éloigner d'une explosion. Quand les effluves de vomi ont pénétré mon nez, j'ai eu un haut-le-cœur que j'ai pu repousser au prix d'un effort surhumain. J'en avais les yeux pleins d'eau.

J'ai pris le foulard que je portais pour nettoyer son visage et son manteau, enlever l'essentiel de ce qui y était tombé. Je l'ai ensuite foutu à la poubelle de la cour d'école. Tant pis, les grandes missions commandent certains sacrifices. Ophélie regardait au loin, vidée de tout, vraiment de tout.

Du bout des pieds, j'ai poussé les copeaux de bois pour les agglomérer au vomi, comme les chats le font dans la litière. Avec un grand verre de Slush Puppie vide trouvé à terre, j'ai fait des allers-retours pour mettre à la poubelle ces amoncellements de copeaux. Je ne pouvais supporter l'idée que des enfants, lundi matin, puissent naïvement sauter et jouer dans le vomi d'Ophélie. J'imaginais Bernadette tombant en pleine face dans ces restants de digestion interrompue et j'en mourais de honte.

Quand je suis revenue auprès d'Ophélie, elle pleurait tout son soûl.

—On va laver ton linge, c'est pas grave…

Elle les aurait tous mis à la poubelle, ses vêtements. Et avec eux, beaucoup d'autres choses. Peut-être même sa maison, avec Dyane dedans. Peu importe. Comme elle était en pleine apocalypse intérieure, elle avait besoin de malmener son corps pour équilibrer les choses. Ça pouvait se comprendre. Ophélie se cherchait une bouée pour surnager dans la bouillie de son monde éclaté. Si elle n'avait pas eu le cœur à la flotte, on aurait peut-être pu manger une poutine.

Elle a pleuré encore longtemps. Je l'ai bercée en silence. Je ne trouvais rien à dire pour la consoler. Probablement parce qu'il n'y avait rien à dire. Sa peine se déversait tout autour de nous, noyait les mots.

Un peu plus tard, on a repris la route bras dessus, bras dessous, comme des petites vieilles. Et nous avons marché le dernier kilomètre en parlant de tout et de rien, comme du dernier examen de maths. Elle s'était encore arrangée pour manquer quelques questions, histoire de ne pas se faire traiter de *bole*. Son stratagème était chaque fois le même : elle écrivait correctement toute la démarche pour un problème donné et changeait un chiffre dans la réponse finale, un seul, pour ne pas avoir tous ses points. Elle s'assurait ainsi de savoir qu'elle aurait pu avoir 100 % sans se taper les désagréments d'avoir 100 %. Selon elle, ce serait bien différent au cégep où tout était possible : être ouvertement *bolé*, féministe, gai, alouette.

Nous sommes rentrées en chuchotant, par prudence, même s'il était peu probable qu'on réveille son père et Chose endormis deux étages plus haut à l'avant de la maison. Mais après avoir passé la porte, une surprise de taille nous attendait.

—Où est-ce que vous étiez ? Voulez-vous ben me dire ce que vous faisiez ! Ça fait deux heures que je vous attends! Deux heures! Merde! Je pensais devenir folle!

Chose nous regardait avec de grands yeux de sorcière catastrophée. Elle criait en serrant très fort les dents. Sa robe de chambre de peluche mauve fermée à la taille lui donnait un bon trente livres de plus. Elle avait une tête épouvantable.

—Je vous ai vues partir à onze heures, les p'tites comiques! Je l'ai pas dit à ton père parce que je me disais que vous alliez faire un p'tit tour, pas long, juste pour vous faire peur, mais non, mesdames s'en vont pendant deux heures! Deux heures! Je pouvais pas m'endormir, moi, j'attendais de vous voir rentrer! Imaginez s'il vous était arrivé quelque chose, je m'en serais voulu pour le reste de mes jours! J'suis même descendue voir si vous étiez rentrées sans que je m'en aperçoive, parce que je me disais que ça se pouvait pas que vous traîniez encore dehors, pis je trouve un lit démoli, un vrai bordel, des bouteilles de *COOLER ALCOOLISÉ* vides, mais pas de filles! Nulle part! Fait que là j'pogne les nerfs, j'essaie de t'appeler, Ophélie, en me disant que t'allais au moins me répondre, mais j'entends ton cellulaire sonner dans la cuisine, à côté du four à micro-ondes! Qu'est-ce qu'y faisait là, ton cellulaire, veux-tu ben me dire? Ça serait pas une bonne idée de l'avoir quand tu sors? Ça sert pas à ça, un cellulaire? Fait que j'ai couru comme une folle pour remonter, pour pas réveiller ton père pis le faire paniquer, pis là j'ai pensé t'appeler, toi, mais je connais pas ton numéro...

— J'ai pas de cellulaire.

— En tout cas... ouach! Qu'est-ce que ça sent? Ça sent le vomi! Vous avez vomi? Êtes-vous parties avec d'autres bouteilles d'alcool, vous autres?

— Non, non... Ophélie avait mangé trop de chips, c'est à cause du tourniquet au parc, une longue histoire.

Chose a mordu sa lèvre inférieure et ses yeux se sont remplis de larmes. Sa voix et ses lèvres sont devenues toutes molles. À défaut d'être chic, ça semblait très sincère.

— J'suis tellement contente que vous soyez rentrées... J'ai eu vraiment peur, maudite marde. Faites-moi plus jamais ça. Viens ici, enlève ton chandail, je vais m'en occuper, je vais le rincer avant de le mettre au lavage. Ce serait mieux que ton père voie pas ça. Va prendre une douche. Vous irez dans la chambre d'amis. On dira que le lit a pété pendant la nuit pis que vous avez changé de lit.

Ophélie s'est laissé déshabiller sans dire un mot, les yeux plantés sur la peluche mauve. Une fois presque nue, elle a souri à Dyane. J'imagine que ça voulait dire merci. Quelque chose d'approchant.

—Aimerais-tu que je lave tes vêtements, toi aussi ?

—Non, c'est bon, sont pas sales, c'est gentil.

Couchée dans le dos d'Ophélie qui s'est endormie au contact de l'oreiller, je me suis mise à rêver de l'amour qui dure toujours, aussi longtemps que le rouge à lèvres de femme fatale, même si, au fond, on y croyait de moins en moins, Ophélie et moi.

À partir de cet épisode, Dyane est devenue un peu plus difficile à détester. Nous ne l'avons plus appelée Chose, sans même nous consulter.

5

« M'as te péter la gueule
en sang »

Palmo s'est dirigé droit vers moi. Je l'ai vu venir de loin. Je pouvais reconnaître la moindre mèche de ses cheveux à cent lieues à la ronde. C'était à la fois ce que je redoutais et souhaitais le plus au monde (je craignais toujours qu'il me trouve laide). Par réflexe, j'ai voulu faire l'autruche dans mon casier, mais je me trouvais au beau milieu de la cafétéria, en file pour acheter des galettes au gruau fraîchement sorties du four.

—Hé! Salut!

—Ah! Salut! Je t'avais pas vu.

—Ça va?

—Oui, toi?

—Oui oui, mais je te vois pus dans 'ruelle.

—Non? Ah, ç'a pas adonné.

Aussi niaiseux que ça puisse paraître, j'évitais la ruelle même si c'était la seule façon de le voir et de lui parler. Ma grande prestation d'hystérique devant le jardin de nains me revenait en mémoire chaque fois que j'étais tentée de passer devant son garage. Je racontais à Simon que les nains étaient rentrés pour l'hiver qui approchait et qu'il n'y avait plus rien à voir. Évidemment, il me croyait.

—T'es avec ton frère une semaine sur deux, j'imagine.

—Euh... oui pis non, mes parents ont un arrangement spécial.

—Bon ben... OK, je voulais juste voir si tout allait bien.

—Oui oui, tout va bien.

—OK... j'ai pas dit quèque chose qui t'aurait dérangée?

J'ai failli m'évanouir, il s'inquiétait vraiment de ne plus me voir dans la ruelle. Moi.

—Hein? Non! Non non non, pas pantoute, pourquoi?

—*Good!* J'avais juste l'impression que tu m'évitais.

—Moi? Jamais de la vie, non.

—OK, tant mieux...

C'était mon tour pour les galettes. La femme derrière le comptoir me pointait de l'index, exactement comme il n'est pas poli de le faire. On ne s'embarrassait pas de grandes formules ici, tout passait par les doigts.

—Jean, tu veux une galette?

—Ah... euh... ben oui, OK. Attends, je te donne de l'argent.

—NON, non, ça me fait plaisir.

J'ai montré trois doigts à la femme qui s'est empressée d'empiler trois boulettes de gruau dans un essuie-tout géant. Je n'en revenais pas, mon cerveau avait produit une réaction intelligente.

—T'en manges deux?

—Mais non, l'autre est pour Ophélie, mon amie.

—La petite blonde, là?

—Oui.

Mon intérieur explosait de bonheur, mais j'arrivais à manger ma galette en bougeant presque naturellement. Évidemment, je riais beaucoup plus que d'ordinaire, avec un rire plus faux. Je balayais souvent de la main mes cheveux pour mettre en évidence ma ligne de sourcils. On a parlé des cours et des profs, des bons et des pourris, de ce qu'on projetait de faire plus tard (je voulais devenir vétérinaire, à mon plus grand étonnement; Palmo voulait devenir ingénieur mécanique) et nous étions si loin dans notre monde qu'au son de la cloche j'ai fait le saut.

—Hein ?

—C'est la cloche. Faut y aller !

—Ah !

—Menteuse, t'as mangé les deux ! Bye ! Merci encore !

C'est vrai, dans ma nervosité, j'avais mangé les deux galettes, sans plus repenser à Ophélie. Je n'étais pas allée la rejoindre comme convenu à mon casier avec *ze* galette. Ça faisait de moi une menteuse et une cochonne. Évidemment, elle me pardonnerait cent fois quand je lui raconterais pourquoi.

J'ai passé les deux jours suivants à me pincer et à regarder le plafond de ma chambre la nuit, incapable de croire à ce qui m'arrivait. Pour beaucoup de gens, je sais, manger une galette avec un gars n'est pas un événement historique, mais personne ne pouvait comprendre ce que signifiait, pour moi, de manger une galette au gruau avec Palmo à ce moment-là de ma vie. Quand je me regardais dans le miroir, j'arrivais même à me trouver belle. Au-delà de la ligne de sourcils.

C'était en fait si merveilleux que les choses n'ont bien sûr pas pu en rester là. Pourquoi aurais-je échappé à la loi du baril[1] ? Comme je débordais

---

1   La loi du baril est une image, qui en vaut bien une autre, qui illustre les mécanismes du bonheur. Ainsi, quand une personne est vraiment très malheureuse, on dit qu'elle

de bonheur, ça ne pouvait manquer de faire suer les autres. C'est comme ça, allez savoir pourquoi, mais les gens trop heureux font le malheur des autres. Question de vases communicants.

Ophélie et moi étions en route vers notre cours d'ECR, dans le corridor nord du deuxième étage, quand nous avons croisé le Clan des leggings. Habituellement, croiser le Clan ou une partie du Clan ne présente pas de menace. Il faut seulement continuer de marcher en gardant les yeux au sol, en se faisant tout petit. L'idée, c'est d'être transparent, de se fondre dans le décor, de nier sa propre existence pendant quelques secondes. En cela, nous sommes des pros, Ophélie et moi.

Mais ce jour-là, malgré notre talent, le Clan nous a repérées. Les chipies sont passées très vite en nous écorchant au passage de leur langue de vipère. Je crois bien que c'est Vicky qui a parlé la première. Peu importe, ces filles étaient comme

---

touche le fond du baril, ce qui implique qu'elle ne pourra pas être plus malheureuse qu'elle ne l'est déjà puisqu'elle a atteint le niveau le plus bas. À l'opposé, les joies et les bonheurs peuvent s'accumuler jusqu'à ne plus pouvoir être contenus dans ce même baril, d'où l'expression « déborder de joie », « déborder de bonheur ». Les débordements, par ailleurs, peuvent éclabousser les autres et entraîner chez eux des sentiments négatifs, comme la jalousie et l'envie.

une hydre à plusieurs têtes qui parlaient d'un même souffle empoisonné.

—Tiens, les lesbies !

Laïla, habillée d'un horrible legging zébré, s'est mise à faire tourner sa langue dans le vide, sens antihoraire. Elle devait être gauchère.

J'ai continué d'avancer par automatisme, complètement terrorisée : non seulement le Clan savait que nous existions, mais il nous voulait du mal. À nous, les filles les plus effacées de la planète. Trop perturbée par cette nouvelle réalité, je ne me suis pas rendu compte qu'Ophélie s'était arrêtée et les défiait du regard. Les sorcières continuaient leur chemin en riant, contentes de leur coup.

Je suis rapidement revenue sur mes pas pour tirer Ophélie de sa torpeur, mais je n'ai pas eu le temps d'intervenir.

—HÉ ! TOI ! LA GROSSE ÉPAISSE !

Le Clan s'est retourné d'un coup, comme un banc de poissons. Le cri d'Ophélie était cru, sec, violent. Depuis un moment, il y avait quelque chose de nouveau en elle, une forme de rage dure à définir, facile à comprendre. Désormais, elle pouvait haïr. La petite Ophélie, tranquille, obéissante et qui maintenait artificiellement ses notes sous le seuil de l'excellence avait fait place à une battante toutes griffes dehors, prête à tout, surtout à se défendre. Elle avait souvent envie de mordre. Si je ne l'avais pas connue avant, j'aurais peut-être eu peur d'elle.

— Off! Merde! Qu'est-ce que tu fais, viens-t'en.

— On se laissera pas insulter de même.

— Mais c'est pas une insulte!

— C'était dit comme une insulte.

— T'es folle, c'est des malades, ces filles-là!

Elles étaient six vêtues d'un legging moulant, défiant merveilleusement les lois du bon goût. Jean Airoldi n'aurait pas su où donner de la tête avec ses «contraventions de style». Les mains sur les hanches, pointant sur nous leurs yeux de ratons laveurs noyés dans le khôl et le mascara, elles venaient voir ce que nous avions à dire. J'étais trop paralysée par l'idée de notre mort prochaine pour faire quoi que ce soit.

— T'as quèque chose à dire, toé, la petite connasse?

— Oui, j'aurais un conseil pour vous autres, les filles. Si vous aimez les conseils.

— Pfff...

Je rêvais, Ophélie n'avait pas dit ça, pas sur ce ton-là! J'étais dans un très mauvais film. Les hyènes se sont avancées un peu, amusées par la tournure de la situation et l'effronterie d'un si menu personnage. Les curieux, comme des vautours affamés, ont vite formé des murs de chair autour de nous.

— On est ouvartes, nous autres, vas-y, ma grande.

Silence de mort. Trois secondes d'éternité. Je criais intérieurement («Ta gueule, Off, ta gueule!»), même si je sentais que les dés étaient déjà lancés.

— Les leggings ne sont pas des pantalons.

Elle l'a dit en prenant bien soin de détacher chaque syllabe.

Des rires se sont mis à crépiter dans la foule. Vicky, qui arborait ce jour-là une espèce rare de legging à motifs abstraits, s'est alors avancée vers Ophélie, lentement, lourdement, brassant l'air de ses bourrelets mis en évidence par la minceur du tissu de son non-pantalon. Ensuite, tout est allé très vite. Vicky lui a souri niaisement avant de lâcher ses livres et de l'envoyer valser dans les casiers d'une grande claque bien sentie. La petite Ophélie s'est effondrée par terre, terrassée. La foule ne riait plus, mais le Clan se tapait les cuisses.

Dans un réflexe animal totalement suicidaire, j'ai tout lâché à mon tour pour me lancer vers Vicky et la pousser de toutes mes forces, à deux mains sur ses gros seins mous à moitié découverts. Elle est allée choir sur ses fesses bien épaisses (certaines personnes ont un corps qui s'accorde avec leur esprit) après avoir tenté de se retenir en agrippant désespérément les vêtements et les bras rencontrés dans sa chute. Pour l'ensemble de son œuvre, un seul mot : pathétique.

Sans l'intervention de deux enseignants qui avaient réussi à se faufiler au cœur de la foule, juste à temps pour assister à ma spectaculaire poussée, j'aurais probablement passé un très mauvais quart d'heure. Mais les événements ont suivi, à partir de là, un cours plus officiel.

Les enseignants nous ont sommées, Vicky et moi, de nous rendre immédiatement chez le directeur, escortées par le concierge qui passait par là au moment de la déclaration des hostilités. Les sorcières s'étaient rapidement dispersées, comme des rats d'égout apeurés. Ophélie, chancelante sur ses pieds, mais soutenue par deux filles épatées par son courage, me regardait partir sans trop comprendre. La cloche avait sonné depuis un moment.

— Y a rien à voir, dégagez, allez à vos cours, c'est fini, on dégage, vous êtes en retard à vos cours !

Le prof de maths, figé dans le cadre de porte de sa classe, m'a regardée passer. Je me sentais comme une condamnée à mort s'en allant au gibet.

—Isabelle? Ben voyons donc, qu'est-ce qui se passe?

Ça tombait bien qu'il dise ça, c'est exactement ce que je me demandais.

Le directeur de l'école nous a accueillies très froidement en se frottant vigoureusement les cheveux de la main droite. L'électricité statique ainsi générée lui faisait une petite houppe qui tenait bien droite dans les airs, comme une crête de coq. En une autre occasion, j'aurais probablement trouvé cela très drôle.

Le concierge a résumé l'histoire en une seule phrase assez succincte: nous nous étions battues dans le corridor du deuxième. Le directeur l'a remercié d'un léger mouvement de tête puis nous a regardées en faisant une douloureuse grimace, comme s'il venait de mordre dans un citron.

—Bon, qu'est-ce qui se passe ici?

—Rien.

—Merci, Vicky. Toi, ton nom?

—Isabelle Louis-Seize.

—Wow! Beau nom!

—Merci.

—C'est ta première visite dans mon bureau?

—Oui.

—Me semblait. Quelle année?

—Deuxième.

—Deuxième? Tu t'en prends aux deuxièmes maintenant, Vicky? Pas fort.

—Y a des baveuses en deuxième aussi.

—OK. Madame Louis-Seize, est-ce que vous pourriez m'éclairer sur ce qui vient de se passer?

—Non.

—Non?

—Non.

—Y s'est rien passé?

—C'est ça.

—Évidemment. Ça m'arrange un peu, j'ai pas vraiment le temps de gérer les chicanes de corridors. Vicky, comme on s'est déjà trop vus depuis le début de l'année, on appelle tes parents, t'es collée pour une semaine et tu vas être obligée d'avoir deux rencontres avec la psychologue.

—*Fuck!*

—Pardon?

—…

—J'aimerais beaucoup, vraiment beaucoup, ne plus entendre parler de toi pendant un bon bout de temps.

—Pareillement.

—Ben c'est parfait, on s'entend là-dessus. Madame Louis-Seize, retenue vendredi. Vous aurez un texte à rédiger pendant la retenue.

—OK.

— Pis j'aimerais aussi ne pas vous revoir, vous et votre beau nom, sauf pour d'heureux événements, bien sûr.

— OK.

— Je vous remercie, mesdames. Passez par le secrétariat pour avoir votre billet de retard.

— Merde !

— Pardon ?

— Fait chier !

Vicky est sortie en trombe, en donnant un coup de pied dans le mur. Le directeur s'est contenté de rouler des yeux de merlan frit et de se gratter un peu plus la tête avant d'attraper le combiné du téléphone. À voir la pile de dossiers qui traînaient sur son bureau, les chicanes de corridors devaient être le dernier de ses soucis. Il ne portait pas de costume veston-cravate, comme je m'y serais attendu, mais un simple chandail de fine laine marine et un pantalon noir, droit. Je n'ai pas vu ses pieds, je ne peux rien dire de ses souliers. Je me suis fait la remarque qu'il faudrait un jour s'intéresser à l'habillement de la direction.

J'avais l'impression que ma vie, dans les dernières minutes, m'avait complètement échappé. J'aurais aimé pouvoir rembobiner les dernières scènes, me faire traiter de lesbienne et continuer mon chemin, pépère, jusqu'à mon cours d'ECR.

Je pense que je serais même parvenue à trouver les cours d'ECR intéressants si on m'avait donné la chance de revenir en arrière. Mais les événements s'étaient enchaînés de telle façon que je me retrouvais désormais fichée chez le directeur et en guerre contre le Clan des leggings. Ma vie venait de basculer, je tombais en enfer.

En attendant mon billet de retard au secrétariat, j'ai remarqué du coin de l'œil que la secrétaire rousse venait tout juste d'arriver, chaussée d'espadrilles de course et d'un pantalon sport, un casque de vélo à la main. Elle semblait essoufflée. Après avoir fait signe aux autres qu'elle revenait dans une minute, elle a disparu dans la petite salle du fond, probablement réservée aux employés. Une fois mon billet de retard en main, j'ai fait mine de chercher quelque chose dans mon sac pour gagner du temps, car je voulais la voir. Et j'avais peur de Vicky qui ne semblait pas pressée de retourner en classe non plus. Elle piétinait nerveusement derrière moi en mâchant sa gomme la bouche ouverte, comme une grosse vache ruminante.

Au bout de cinq minutes, qui m'ont paru des heures, la rouquine est ressortie habillée en secrétaire. Elle portait un tailleur de présentatrice météo bleu poudre et de vertigineuses chaussures assorties. Dans la catégorie métamorphose, c'était vraiment épatant. Ce qu'on avait pris pour son habillement naturel n'était en fait qu'un costume ; elle se déguisait en secrétaire.

À un autre moment, la chose m'aurait vraiment fascinée. J'aurais même pris des notes pour revoir les bases de notre étude sociologique du vêtement. Mais là, en attente de mon deuxième billet de retard à vie, après ma première « bataille » à vie et mon tout premier passage dans le bureau d'un directeur d'école, je me faisais des scénarios cauchemardesques sur ce que Vicky la terreur ne manquerait pas de me faire endurer dans les prochaines semaines. Je l'avais humiliée devant tout le monde, elle voudrait assurément se venger. Les calculs que mon cerveau faisait pour essayer d'évaluer mes chances d'avoir quatorze ans un jour n'étaient pas très encourageants.

Probabilités d'attaques vengeresses du Clan $\geq 100\%$

Dès que j'ai eu en main mon billet de retard, j'ai tenté de me sauver rapidement vers le sous-sol pour échapper à mon ennemie, mais elle m'a saisie par le bras et m'a entraînée de force dans la cage d'escalier, loin des regards. Je n'ai rien pu faire. Sa poigne avait quelque chose de très convaincant.

Alors que je croyais que j'allais goûter à ma toute première raclée – c'était le jour des premières, pourquoi pas –, elle m'a seulement chatouillé le duvet de l'oreille droite : « Si tu t'approches encore de Jean-Guy, ma p'tite crisse, m'as te péter la gueule en sang ! » Elle a gentiment conclu sa menace en me poussant contre le mur – parfait, nous étions quittes –, avant de tourner les talons et de disparaître en balançant son gros fessier qui déformait, par son ampleur, les motifs de son legging. Sur son arrière-train majestueux, les carrés devenaient ronds.

C'était donc cela, le nerf de la guerre. Jean-Guy, Palmo, le gars que j'avais dans la mire pour mon premier grand Amour. Décidément, j'étais bien tombée.

~

— Ça sort d'où, ça, "péter la gueule en sang" ? Ça veut rien dire !

— OK, on fera pas de l'analyse de phrase, là, faut juste plus qu'on me voie avec Palmo.

— Mais t'es amoureuse de Palmo.

— Ç'a l'air que j'suis pas toute seule.

— Mais y t'aime, lui aussi.

— Euh, non.

—Ça paraît.

—Y fait juste me parler.

—Y t'amène des galettes au gruau.

—J'y en ai offert une en premier.

—C'est lui qui continue.

—Ça prouve rien.

—Moi je pense que vous êtes à deux doigts de.

—De...

—De *frencher*!

—J'suis plus à deux doigts de me faire péter la gueule en sang que de *frencher*. Et regarde de quoi t'as l'air.

—Je saigne même pas.

—Justement, c'était juste une maudite grosse claque, ça, imagine un vrai pétage de gueule.

—Elle m'a eue par surprise.

—Ben oui, c'est ça...

—C'est vrai !

—Off, déconne pas, c'est des enragées, ces filles-là.

—Moi aussi.

—Là, faut calmer le jeu, j'évite Palmo, tu dis plus rien, pis on se tient tranquilles.

—Les leggings ne sont pas des pantalons, les leggings ne sont pas des pantalons...

—Mais arrête, y a du monde partout.

— C'était tellement bon de le dire, Zazie, tellement bon ! Pis t'as entendu le monde rire ?

— Merde ! Regarde là-bas ! Viens, on s'en va.

Palmolive marchait vers nous, il m'a même fait
un signe de la main. On a joué les pressées.

— Salut !

— Ah ! S'cuse, on est en retard, vraiment en
retard.

— Pour ?

— Euh... une histoire de reprise avec monsieur
Moujidh, c'est compliqué.

— Ah. J'ai entendu dire que vous vous êtes
pognées avec la gang à Vicky ?

— Bye !

Il est resté là, les deux paumes de main tour-
nées vers le ciel, complètement décontenancé.
Beau et décontenancé.

Le lendemain matin, à la deuxième pause,
il s'est tout de même pointé devant mon casier
avec des galettes chaudes. Je ne pouvais pas
encore jouer les pressées, il ne m'aurait pas crue.
Tablant sur le fait qu'il ne m'avait peut-être pas
encore vue, j'ai poussé sans réfléchir la porte
« Réservée aux employés » au fond du couloir et
m'y suis engouffrée avec mon sac. Elle aurait pu
donner dans le vide que j'y aurais laissé ma peau.
Mais il n'y avait là que d'immenses machines,

des escaliers en métal qui donnaient accès à des trappes et à d'autres machines, un plancher en béton, des panneaux électriques partout. Et un bruit infernal.

J'ai attendu que les minutes s'écoulent, sans bouger, terrée à côté de la porte. La cloche sonnerait dans deux ou trois minutes et je me faufilerais à ce moment-là jusqu'au local d'arts plastiques sans trop de problèmes. Au pire, j'arriverais en même temps que les traîneux de pieds.

C'était bien sûr sans compter que je n'entendrais pas la cloche, cette série de petites notes flûtées censées nous inviter, dans la joie et la légèreté, à réintégrer nos salles de cours sombres et ennuyantes. J'ai mis de longues minutes à le comprendre.

Quand j'ai ouvert la porte pour voir ce qui se passait de l'autre côté, il n'y avait plus âme qui vive nulle part. Plus un bruit, sinon deux ou trois pas de course au loin. Même pas de feuille de papier qui tourbillonnait dans l'air, comme dans les films.

Je me voyais déjà dans la file, au secrétariat, attendant un deuxième billet de retard en autant de jours, un troisième dans le même mois. Et vlan! Une autre retenue. C'était gratuit, pourquoi ne pas en profiter.

—Ah ! T'es là !

Palmo s'était assis sur le dessus des casiers, histoire de me piéger. Il avait vu mon manège.

—Ton casier est resté ouvert.

Mon casier était effectivement resté ouvert. À l'intérieur, à côté de mon miroir, j'avais épinglé son nom, Palmo, entouré de petits cœurs. Je voulais mourir de honte. Oui, ça me faisait beaucoup d'envies de mourir en une seule journée. Il me restait encore la possibilité de nier.

—C'est pas mon casier.

—J'ai vu ton nom sur l'horaire affiché sur la porte.

Il fallait absolument que je meure.

—Mais j'ai pas fouillé. Je voulais juste voir si c'était ton casier.

—…

Je me suis empressée de fermer la porte.

—Tu vas être en retard.

—Toi aussi.

—Au point où j'en suis, c'est pas ben grave. C'est mon troisième billet ce mois-ci.

Il a sauté d'un bond, comme un fauve, les galettes encore dans ses mains. Il était fichtrement beau.

—Tiens, c'est pour toi.

—Merci, t'es fin.

— C'est à cause de Palmo que tu te caches ?

— Hein ? Qu... qui... quoi ?

— C'est ton chum ? Y est jaloux ? Ça le dérange qu'on se parle ?

Mon cerveau venait de faire un 360 degrés. J'avais le tournis. Évidemment, il ne pouvait pas savoir que je l'appelais Palmo. Il ne pouvait pas faire le lien avec la marque du savon. Mais cette absurde confusion m'offrait une chance inespérée de me débarrasser de lui, alors même que je souhaitais de tout mon cœur qu'il reste.

— Euh... oui, c'est un peu ça.

— C'est correct. Je vais te laisser tranquille.

— OK.

Quand il a tourné le coin, je suis tombée à genoux sur mon sac d'école, écrasant tout ce qu'il pouvait contenir. Je me suis mise à pleurer sans bruit. Je mourrais peut-être, finalement. C'était une journée de marde, tout venait de chavirer. Au jeu des comparaisons, ce jour-là, j'aurais gagné haut la main le titre de la fille la plus malheureuse de toute l'Amérique du Nord.

Je ne suis pas passée par le secrétariat. J'avais le visage enflé, le cœur en purée, et je venais de briser, en tombant dessus, ma maquette pour le cours d'arts plastiques. Comme j'avais à peu près autant envie de la recommencer que d'avaler un bol de purée de brocoli, j'ai plutôt filé directement à la maison, dans mon lit, sous mes couvertures; si j'avais pu le faire, je serais disparue dans mon matelas. Les quelques blâmes que l'école et mes parents pourraient ajouter à mon tas de malheurs ne risquaient pas beaucoup de m'émouvoir. Je ne bougerais plus de là pendant le siècle prochain. Je venais de tomber en pleine face dans le fond du baril.

Je me morfondais depuis un moment quand Patate-2, le chat peut-être zombie, est venu chambouler mes plans de disparition. Il a marché sur tout mon corps avant de s'installer sur mon dos pour me faire un massage avec ses grosses pattes griffues de chat presque neuf. Il s'est ensuite glissé vers mon oreiller pour enfouir son museau sous les couvertures, jusqu'à mon front, qu'il a léché de sa langue râpeuse. L'exfoliation terminée, il a étreint ma tête de tout son corps, comme si j'étais un bébé chat ou une boule de laine, et s'est endormi en ronronnant. Il y a des attaques de tendresse contre lesquelles on ne peut rien. Je me suis abandonnée.

Le chat s'intéressait à moi le jour où je n'avais plus besoin de faire croire que je voulais devenir vétérinaire.

Quand j'ai ouvert les yeux, ma mère était assise sur mon lit et me cherchait du regard. Sur son visage, pas le moindre signe de reproche.

— Allô.

— Allô.

— T'es malade, ma cocotte ?

— Non.

— OK.

— …

— Je peux faire quelque chose ?

— Non.

— OK.

— Y est quelle heure ?

— 15 h 22.

— T'es déjà revenue ?

— L'école m'a appelée, t'étais nulle part.

— Ah.

Je ne pouvais pas disparaître comme ça, c'était rassurant. On a toutes les deux laissé filer un long silence chargé de non-explications.

— On se fait une petite soupe Lipton ?

— OK.

Chez nous, la soupe poulet et nouilles est le principal médicament utilisé pour combattre à peu près toutes les maladies. On a même sauvé plus d'une fois mon père d'une mort certaine – l'impitoyable grippe d'homme – avec de la Lipton.

On a mangé notre soupe accompagnée de biscuits soda sur mon lit, nos bols posés sur le plateau des malades, le dos accoté au mur. Il y a des jours comme ça où on se fout des miettes comme de sa première paire de bobettes.

— Pour ta motivation d'absence, je vais quand même dire que t'étais malade. Une gastro, genre, vu que ça peut arriver tout d'un coup.

— OK.

— C'est presque vrai, t'as mangé de la soupe de malade.

— ...

— ...

— ...

— ...

— Je suis allée chez le directeur aujourd'hui.

— Oui, je le savais. Pis ?

— Ça va être correct.

— J'suis pas sûre que tout est correct, justement.

— ...

— Y a un beau bureau, le directeur ?

— J'ai pas remarqué.

— C'est un beau jeune homme ou un vieux croulant ?

— Maman !

— C'est juste pour savoir.

— ...

— Maudine que c'est bon de la Lipton !

— Hum hum.

Elle savait que je finirais par lui conter toute l'histoire, sous toutes ses coutures. Et il faudrait bien qu'elle me fasse son petit discours de mère, même si on connaissait déjà toutes les deux les règles concernant les batailles et les retards : « Il ne faut jamais répondre à la violence par la violence », « Il faut utiliser des mots pour se défendre, pas ses poings », « Être en retard est un manque de respect, tant envers le prof qu'envers les autres élèves », etc. Sur le moment, j'avais les dents trop serrées, le cœur encore plein de fiel, et elle le savait. L'histoire serait sortie toute croche, enrobée de sacres et de larmes retenues. J'aurais probablement dit des énormités comme « je n'irai plus jamais à l'école », « je n'aimerai plus jamais personne » et « je veux mourir ». Ça pouvait donc attendre.

Plus tard, quand les autres sont arrivés et qu'ils ont vu que je n'étais vraiment pas dans mon assiette, ma mère leur a tout simplement dit que j'avais eu une mauvaise journée – « Une journée de marde ? », a demandé Bernadette – et qu'il fallait me laisser tranquille. C'est exactement ce que Palmo avait promis de faire, me laisser tranquille. J'ai eu un haut-le-cœur et suis retournée dans ma chambre.

Les petits sont donc venus tour à tour me voir pour me laisser tranquille à leur façon, avec des mines tristes, des caresses dans les cheveux et des câlins muets. Quand Éliane est entrée dans ma chambre, je me suis un peu échappée.

—Maman a dit de me laisser tranquille, MERDE !

Sous le choc, sa petite main s'est entrouverte au ralenti et les précieux Skittles reçus à sa fête sont tombés comme les perles d'un collier qui se brise. Je savais ce que chaque bille sucrée représentait pour elle alors que tant de bonbons lui étaient refusés à cause de ses allergies. Elle était venue m'offrir tout ce qu'elle possédait. Les bonbons n'avaient pas fini de tomber que je le regrettais déjà.

Elle s'est enfuie en pleurant. Une vraie journée de…

J'ai ramassé les Skittles un à un, les ai soigneusement essuyés avant d'aller la retrouver, enfouie tout au fond de sa couette, en larmes.

—Lili, je m'excuse, je m'excuse. Regarde, je les ai tous ramassés. Y en manque pas.

—Nooon ! C'est pas vrai !

—Je les ai comptés, y en avait quinze.

Au regard qu'elle m'a lancé, j'ai su que j'avais vu juste. Son souci de l'ordre était trop grand pour qu'elle se soit contentée de m'en apporter une poignée prise au hasard. Elle aimait les chiffres ronds, elle les avait forcément comptés.

— Je les ai essuyés, je vais les manger, c'est correct.

— Montre.

Je n'avais pas vraiment prévu le coup. D'un coup d'œil rapide au creux de ma main, elle a rapidement fait le décompte.

— Y en a juste quatorze.

— J'ai pas pu me retenir d'en manger un avant de venir te voir.

Elle m'a souri de toutes ses dents. C'était vraiment un minimensonge.

Dans les grosses familles, c'est souvent la fête de quelqu'un. Chaque membre offre ainsi une occasion de manger des cochonneries trop sucrées, trop collantes, trop salées, trop chimiques, jugées beaucoup trop nocives le reste de l'année. Il y a donc chez nous *fünf* occasions de s'empiffrer déraisonnablement. C'est une joie non négligeable.

Quand Simon est venu me voir dans ma chambre avant de se coucher, je lui ai donné le Playmobil que je gardais encore dans ma poche. Je ne voyais plus très bien ce que j'en ferais.

— T'as la peine, Zazie?

— Oui.

—Pou'toi ?

—Parce que.

—Pou'toi parce que ?

—Parce que c'est comme ça.

—Je veux fa're dodo avette toi.

—Mais non.

—Ouieeeee.

—OK, embarque, boulette.

Ma mère n'a rien dit. Je lui ai gratté le dos en faisant des zigzags. Trente secondes plus tard, il dormait, la bouche ouverte. Patate-2 est venu faire son tour, mais voyant que nous étions déjà deux sur l'oreiller, il est allé se vautrer dans le lit de Sandrine, en l'attendant. C'était d'ailleurs devenu « son » chat, pour des raisons évidentes, presque médicales. C'était un chat spécial, capable de tout sentir, bien au-delà des odeurs, sensible comme Sandrine.

Quelques minutes plus tard, je plongeais à mon tour dans le sommeil, étendue sur le côté, entre le mur et le petit corps bouillant de mon frère, et un peu moins souffrante.

~

Le lendemain, je ne suis pas allée à l'école. En fait, personne n'est allé nulle part, ni à l'école ni au travail : mon frère avait des lentes de poux plein la tête et tout le monde devait passer au peigne fin. Et au shampoing nucléaire. Encore, oui.

Ma mère m'a quand même fait un billet de motivation pour une «gastro», au cas où on me poserait des questions. Je n'avais pas spécialement besoin d'ajouter les poux à la liste de mes malheurs.

J'ai lu dans le journal, cette semaine-là, que l'une des principales causes de propagation des poux était l'engouement pour les egoportraits (c'est pas bon de se coller la tête sur tout le monde). Quand la seule fille d'Amérique du Nord à ne pas posséder de téléphone cellulaire est aussi l'une des seules à attraper périodiquement des poux, on appelle ça de l'ironie.

6

Où Zazie essaie de gagner
sa vie

— Toi tu fais le méssant, pis moi je te tue, OK ?

— Euh… non, c'est assez ! Ça me tente plus pantoute de jouer au méchant. On change de jeu.

— Oui, tu fais le méssant ! Pis je te tue !

— Non, tu fais juste fesser sur les bonshommes, c'est pas un jeu, ça. De toute façon, tu te couches bientôt.

— NAAOOOOOOON ! NAOOOOOOON ! JE VEUX PAS ME COUSSER !

Depuis bientôt deux heures, je tenais d'horribles bonshommes en plastique que Léo, le petit ✘♀?✓✄?!♟☀☹ dont on m'avait confié la garde pour huit dollars de l'heure, rouait de coups en écorchant mes mains. Il n'y avait même pas de scénario dans ses attaques, juste un méchant malade mental qui se déchaînait sur un bonhomme complètement innocent. Ça frisait la démence. Aucun des millions de jeux auxquels j'avais joué avec mon frère et mes sœurs ne ressemblait à ça. Si ç'avait été le cas, mes parents nous auraient fait évaluer.

—Léo est un enfant sensible et intelligent, faut juste être patient avec lui. Des fois y s'entête un peu, mais y finit toujours par se faire une raison.

—J'suis l'aînée de cinq enfants, ça va aller, j'ai l'habitude.

—Ben oui, c'est vrai, tu connais ça.

La femme m'avait regardée intensément dans les yeux, comme pour me scruter le fond de la tête. Elle me trouvait un peu jeune, elle aurait préféré que j'aie seize ans, mais comme j'étais l'aînée d'un troupeau d'enfants, elle avait accepté de me faire confiance. Ce n'est pas que je tenais particulièrement à garder des enfants, mais je ne voyais pas d'autres façons, à mon âge, de gagner de l'argent. J'avais le choix entre ça et déneiger des entrées.

—On ne le laisse pas écouter la télé le soir, c'est trop de stimuli juste avant de se coucher. Y devrait même pas te le demander. C'est mieux les jeux calmes. Il adore les livres.

—Parfait, moi aussi! Je lis souvent des histoires aux petits chez nous.

— Oui? C'est super, ça! Vous allez bien vous entendre.

— J'en doute pas.

— T'as nos numéros si jamais y a quoi que ce soit. Tu te gênes pas.

Léo avait alors choisi de jouer «calmement» à torturer des bonshommes qu'il envoyait valser partout dans la pièce quand il jugeait qu'ils avaient assez souffert; il y avait donc des cadavres sous son lit, sous le calorifère, sous la commode, dans le couloir, etc. Quand je lui ai annoncé qu'on devait aller se «cousser», même s'il n'en avait pas envie, il a tout lâché pour me faire une crise du *bacon* historique en frappant sa tête au sol à chaque secousse de son corps désarticulé. Un véritable possédé, comme dans les films d'horreur. Stephen King aurait adoré.

— JE... VEUX... PAS... ME... COUSSSSSSSSSER!

S'il y avait eu du tapis par terre, je l'aurais laissé faire jusqu'à ce qu'il s'épuise, mais je ne voulais pas qu'il se fende la tête et que sa cervelle se répande partout.

— Arrête ça tout de suite, sinon...

— ARRRRRGGHHH... NAOOOOOOOO... RRRRRRGHHHHH...

—STOP! ARRÊTE ÇA TOUT DE SUITE!
ARRÊTE, TU VAS TE FAIRE MAL!

J'ai essayé de l'arrêter en l'agrippant par les bras, mais il s'est mis à me donner des coups de pieds et à me mordre. Je n'avais jamais vu une telle explosion de rage de toute ma vie. Je crois qu'il ne se serait pas plus débattu si j'avais tenté de lui arracher le cœur avec un couteau à beurre.

Voyant que je n'arriverais pas à le maîtriser sans utiliser une force dommageable, je me suis rabattue sur l'une des techniques de ma mère: le lancer du verre d'eau froide au visage. Sans le verre, bien sûr. Mais ça n'a pas eu l'effet recherché. J'aurais tout aussi bien pu jeter de l'huile sur un feu. Et comme si c'était possible, il a redoublé d'ardeur après la gifle à l'eau froide. C'était une crise si démesurée que je m'attendais à tout moment à ce qu'un extraterrestre gluant lui sorte de la bouche. Ou des narines. Je l'ai laissé là et suis allée réfléchir plus loin.

Rien. Mon cerveau ne produisait rien. J'étais perdue.

Même si c'était la dernière chose au monde que je voulais faire, je n'ai pas eu le choix.

—Oui allô?

—Allô! Maman!

—Ah! Isabelle, pis, comment ça va avec le petit bonhomme?

—Écoute ça.

Je me suis approchée et j'ai tendu le combiné du téléphone sans fil vers la chambre du démon.

—*Oh boy!* Qu'est-ce qui se passe?

—Y veut pas se *cousser*.

—OK. T'as essayé quoi?

—De lui dire d'arrêter, de le prendre par les bras, mais y m'a mordue, pis le verre d'eau.

—Le verre d'eau?

—Oui.

—Bon, c'était pas la meilleure idée, ça, ma belle.

—Tu l'as déjà fait, toi!

—Oui, avec mes enfants. Là, range le verre, essuie le surplus d'eau pis parle pas de ça.

—OK, mais qu'est-ce que je fais avec lui, là?

—Laisse-le tout seul, mais reste pas loin, y va finir par se calmer.

—Mais y frappe partout, pis y se pète la tête à terre!

—Il faut trouver une conséquence applicable immédiatement...

—Oh! j'ai une idée!

—Oui?

—Attends.

Je suis entrée dans la chambre et me suis approchée du petit, le combiné bien vissé à l'oreille, pour que la voix de ma mère ne puisse pas atteindre Léo.

—OUI, MONSIEUR LE POLICIER, OUI, J'AI UN PETIT GARÇON ICI QU'Y FAUDRAIT VENIR CHERCHER AU PLUS VITE. OUI, POUR L'AMENER EN PRISON, EN PRISON IMMÉDIATEMENT ! Il CRIE ET FRAPPE TRÈS FORT, IL EST TRÈS DANGEREUX, IL MORD EN PLUS, OUI, IL M'A MORDUE ! C'EST ÇA, LÉO LEGARDEUR, VOUS VOULEZ L'ADRESSE ? OUI, PAS DE PROBLÈME... Oh, attendez monsieur le policier, je crois qu'il vient de se calmer, oh, non, il recommence, VENEZ TOUT DE SUITE LE CHERCHER, OUI, IL RECOMMENCE... Oh, non... c'est bon, je pense qu'il se recalme.

—Zazie, c'est tellement pas une bonne idée...

—D'accord, je vous remercie, monsieur le policier. Oui, s'il recommence sa crise, je vous appelle tout de suite pour l'amener en prison immédiatement. Je raccroche, peut-être à plus tard. Merci, monsieur l'agent.

J'ai gardé le téléphone dans ma main tout le reste de la soirée, comme une arme. À chaque début de contestation, je levais un peu le téléphone, juste pour qu'il puisse voir que sa liberté ne tenait qu'à un fil. Il ne m'avait pas laissé le choix, c'était pour son bien, il se serait blessé autrement. Je n'arrivais même pas à me sentir mal.

Il a mis son pyjama, s'est brossé les dents et a sauté dans son lit. Pendant tout le temps qu'il s'exécutait, il ne m'a pas lâchée des yeux une seule seconde. Comme j'avais toute son attention, j'en ai profité pour en rajouter un peu, pour bien le dissuader de s'entêter.

— Est-ce que t'aimes les cretons ?

— C'est quoi, les cretons ?

— Tu sais, l'espèce de viande brune molle qu'on met des fois sur les rôties, le matin... C'est plein de petits mottons qui ressemblent à des crottes de nez dans une gelée brune... Y a souvent une couche de gras blanc comme du sang de chenille dessus... Vois-tu de quoi je parle ?

— Non.

— En tout cas. Quand t'es en prison, c'est juste ça qu'y a à manger. Matin, midi, soir, des sandwichs aux cretons. Pis t'es obligé de manger.

Je lui ai fait une face de dégoût, pour être encore plus convaincante.

— Avec de la moutarde baseball, c'est moins pire, mais y en a pas en prison.

— ...

169

— Est-ce que t'aimes le brocoli ?

— Non.

— C'est le seul légume servi en prison. C'est des sandwichs aux cretons pis du brocoli, juste ça. En tout cas. Bonne nuit !

Il s'est couché sans même demander que je lui lise une histoire. L'épuisement, j'imagine. Il est resté un moment à fixer le vide, je le voyais aux billes blanches de ses yeux qui brillaient dans le noir. Puis il s'est endormi, tout simplement, le toupet encore un peu humide. J'ai failli le trouver attachant.

J'ai fait ce soir-là trente-deux dollars et j'ai dit un gros mensonge : nous avions joué, à la demande de Léo, aux méchants qui se font arrêter par la police et qui mangent des sandwichs au creton en prison. J'espérais un peu brouiller les pistes. La mère a ri. Je me disais qu'en écoutant ses histoires, le lendemain, elle finirait probablement par lui dire, dans le meilleur des cas, que ce n'était qu'un jeu. Ce qui ne serait, à tout prendre, pas tout à fait faux.

Ma mère n'a pas été très fière de moi. Je n'avais pas bien compris ce qu'elle avait voulu dire par « conséquence applicable immédiatement ». Je n'avais gardé que le mot « immédiatement », que j'avais accolé à « prison ». Elle voulait apparemment parler de chaise dans le coin et de minutes de réflexion.

— Mais y était déjà dans sa chambre !

— Y aurait fallu insister, lui parler calmement jusqu'à ce qu'il entende raison.

— Y pétait la coche du siècle !

— J'ai entendu.

— Je pouvais rien faire, quand je l'approchais, y criait encore plus fort.

— Quand même...

— Les petits ont jamais fait des crises de même.

— Oh oui, crois-moi.

— Oui ? J'étais pas là en tout cas.

— Oui, t'étais là, je dirais même que t'étais pas mal là...

— Moi ?

— Oui.

— Je pétais des coches de même ?

— T'as essayé deux ou trois fois, oui.

— Qu'est-ce que t'as fait ?

— Ce qu'y fallait.

— Quoi ?

— C'est pas pareil, t'es mon enfant, je choisis mes méthodes.

— Je veux savoir, qu'est-ce que t'as fait ?

— T'étais ma première, tes crises étaient incontrôlables, c'était ridicule...

—Maman...

—La douche.

—La douche?

—Oui. Tout habillée. À l'eau froide. Quin, la crise!

—Ouach, à l'eau froide?

—Ben oui.

—Dans la douche?

—Je t'ai tenue dans mes bras.

—T'es entrée dans la douche avec moi?

—On voulait pas que tu te fasses mal.

—Mais maman!

—Ça saisit, de l'eau froide! Tu t'es calmée assez vite.

—C'est chien!

—Ben voyons, c'est juste de l'eau. Pis je te parlais à l'oreille pour te calmer.

—Pis, ç'a marché? J'ai plus fait de crise?

—Oui, une autre fois.

—T'as fait quoi?

—Ben on a pris une autre douche. On était chez ta tante Marion.

—Tout habillées? Chez Marion?

—Ben oui.

—OK, t'es folle.

—Isabelle...

—T'as jamais fait ça avec les petits?

—J'ai pas eu besoin de me rendre là, j'ai tué les crises dans l'œuf.

—Pis le verre d'eau?

—C'est une douche miniature.

—Ben ça marche pas avec tout le monde.

—C'était peut-être un cas de douche, ton Léo.

Cette autre révélation sur ma petite enfance donnait peut-être un sens à ceci: je n'aime pas l'eau. Je n'ai jamais aimé l'eau. Je me baigne quand c'est nécessaire, je me lave pour la même raison et j'adore regarder le fleuve, mais pas me mettre les pieds dedans. J'évite l'eau sous toutes ses formes. Je n'en bois même pas assez.

Les parents du petit Léo ne m'ont jamais rappelée, ce qui m'a sauvée d'avoir à leur dire non. Je n'ai pas non plus cherché à me faire de nouveaux clients dans cette « branche ». Quand on m'offrait de garder des enfants, je m'esquivais de mille façons, trop occupée, déjà prise, gros examen à préparer pour le lendemain, etc. Sandrine s'apprêtait à faire son cours de gardienne avertie, j'allais bientôt pouvoir détourner vers elle l'attention des parents en mal de sorties.

Mon père m'a déconseillé le déneigement: trop imprévisible, très difficile physiquement, peu payant. Il s'est mis à me raconter des histoires de bordées de neige de cinquante centimètres et de maisons ensevelies jusqu'au toit, comme en mille neuf cent tranquille. Je pense qu'il avait surtout peur que je me dérobe à mes tâches familiales et que je néglige nos propres allées. Je n'avais de toute façon pas le cœur à me muscler le dos. Ou à me le défaire, c'est selon.

J'aurais pu être camelot, un gars de l'école m'avait parlé de ça. Arpenter les rues les matins encore couverts de nuit avait quelque chose de vraiment excitant, mais les journaux en papier étaient en passe de s'éteindre au profit des versions numériques. Il n'y aurait bientôt plus rien à distribuer. On trouverait sûrement une autre façon de détruire la forêt. L'Homme a beaucoup d'imagination.

— Je pense que je t'ai trouvé un travail.

Ma mère, l'éternelle optimiste, scrutait les annonces sur les babillards de l'épicerie, de la boulangerie et de la pharmacie pour m'aider à dégoter un petit boulot. Évidemment, je ne lui avais pas précisé que c'était pour m'acheter un cellulaire et faire face aux mensualités que je tenais à me faire un peu d'argent.

— Je veux pas promener des chiens, je te le dis tout de suite.

— Non non, c'est un travail avec des gens.

J'ai honte de l'avouer, mais j'ai peur des chiens. Pas une peur maladive, une peur tranquille qui ne se voit presque pas. Quand j'en croise un, j'hésite un peu, parfois je recule d'un pas, personne ne s'en aperçoit, mais j'ai la trouille. C'est une forme de handicap. J'ai été mordue, petite, et j'en garde une entaille cicatrisée à la cheville et une crainte indissoluble au cœur. Devenir vétérinaire, moi ? Complètement invraisemblable.

—Je peux pas être monitrice, j'ai pas l'âge.

—Zazie, je sais quel âge t'as.

—C'est quoi, d'abord ?

—Lectrice.

—Lectrice de quoi ?

—De livres.

—De livres ?

—Oui, au Foyer des Hirondelles, à deux rues du IGA.

—C'est quoi, ça ?

—C'est un centre pour personnes âgées.

—C'est des analphabètes ?

—Ben non, voyons.

—Pourquoi y veulent des lecteurs, d'abord ?

—Ben... parce qu'y en a plusieurs qui voient plus très bien, j'imagine.

—On peut grossir le texte comme on veut sur des tablettes.

175

—Je pense pas qu'y soient beaucoup du genre tablette. Pis c'est amusant de lire ensemble, de partager une lecture. Ça donne des sujets de conversation.

—Y peuvent regarder des films sur des écrans géants.

—C'est pas la même chose, un film. C'est toi qui crées les images dans un livre.

—Y se couchent à quelle heure ?

—Pourquoi ?

—Pour savoir à quelle heure y ont besoin de lecteurs.

—Ben non, c'est pour l'après-midi, pour une activité de groupe.

—J'suis à l'école, l'après-midi.

—Tes cours finissent à 14 h 55. Tu t'arrêtes là directement en revenant en autobus, au pire t'arrives à 15 h 15 en te grouillant un peu.

Depuis l'épisode avec le Clan des leggings, je ne traînais pas beaucoup à l'école. Autant pour m'éviter des ennuis que pour ne pas me torturer à la vue de Palmo. Évidemment, à cause de la loi de Murphy, je tombais face à lui bien plus souvent qu'avant.

—J'sais pas trop.

—Je crois que tu devrais y penser sérieusement.

—Faudrait que je lise des histoires comme une prof de maternelle ?

—Mais non, tu lis des livres d'adultes à des adultes. T'as pas besoin de mimer pis de changer de voix à chaque personnage.

—Hum.

—Penses-y.

—C'est payant ?

—Je le sais pas. Faudrait que t'appelles la dame qui est responsable du club de lecture. C'est une connaissance d'une de mes collègues. J'ai pris son numéro. Je me grouillerais même un peu, à ta place, y vont vite trouver.

~

C'est totalement terrorisée que je me suis pointée à la porte de la grande maison au coin de la 6ᵉ et de la 3ᵉ Avenue, juste en face de Mario G. dépanneur – bière – vin – loterie – tabac. Je ne savais même pas que c'était un foyer pour personnes âgées. Je passais devant tous les jours sans le savoir.

On m'avait demandé de choisir un livre à ma convenance, un livre que j'aimerais lire. Mais je me voyais très mal leur lire *Hunger Games* ou des histoires de vampires et de sorcières. Mon père croyait qu'il valait mieux commencer par des histoires qui seraient un peu plus proches d'eux, de leur réalité, suivant le principe qu'on s'attache plus facilement à un personnage dans lequel on peut se projeter, du moins en partie. Il m'a refilé quelques livres de sa bibliothèque, des classiques aux couvertures glauques et au papier jauni, pour la plupart. Certains étaient tout griffonnés à l'intérieur. J'ai choisi le plus court dans le tas pour avoir le temps de le lire avant mon premier quart de travail.

—En autant que tu leur lises pas le Stephen King que j'ai vu traîner sur ton bureau l'autre jour.

—Ark! Jamais de la vie, c'est dégueulasse, du Stephen King.

—Pas tout le temps. C'est vrai que ses atmosphères sont lourdes...

—Méchant tordu.

—Prends *À l'ombre de Shawshank*, c'est un peu tordu, mais pas dégueulasse.

—C'est quoi le rapport?

—Le film vient d'une adaptation d'une nouvelle de Stephen King.

—Pour vrai?

Pour vrai. J'ai vérifié. Ce que j'ai découvert sur Stephen King m'a réconciliée avec l'auteur et, en même temps, avec cette part sombre de Palmo révélée par ses goûts littéraires. Dommage, je n'avais plus aucune raison de le craindre.

J'attendais donc sur le pas de la porte avec mon exemplaire du *Vieil homme et la mer*, d'Ernest Hemingway (un auteur mort depuis longtemps), quand Alphonsine est venue répondre. C'était une femme minuscule qui m'arrivait à peine au menton. Elle avait des petits yeux noirs maquillés de bleu, comme sa robe, son collier et ses souliers. Je n'ai pas pu m'empêcher de penser qu'elle avait peut-être été secrétaire dans sa jeunesse.

—Bonjour, belle enfant.

—Bonjour, madame.

—Tu es Isabelle?

—Oui. Vous êtes Alphonsine?

Ses mains se sont refermées sur les miennes, sans complètement les couvrir, comme pour me les réchauffer. Je voyais le réseau compliqué des veines bleues sous sa peau craquelée, fine comme du papier de riz. Elle avait une poigne de fer, tout en contraste avec son corps.

Alphonsine a pris mon manteau, qu'elle a soigneusement plié, avant de le placer sur son bras, à la façon d'un maître d'hôtel. C'était la première fois que je voyais quelqu'un plier un manteau. Avec un discret mouvement du menton, elle m'a fait signe de la suivre.

Je m'étais fait une image mentale de ce à quoi pouvait ressembler un foyer de vieux. Rien ne concordait, évidemment. C'est exactement ce qui fait que les films sont si différents des livres. J'avais devant les yeux une grande maison chaleureuse, traversée de poutres et de moulures de bois, éclairée par de jolies lampes qui pendaient du plafond ; aucun néon nulle part, aucun distributeur de Purell. Il n'y avait pas non plus d'infirmière en costume d'hôpital ni de clown débile.

Dans l'immense salon aux murs couverts de toiles, de broderies et de dessins de toutes sortes, une dizaine de personnes attendaient patiemment en parlant à voix basse. Elles n'étaient pas assises, comme je l'avais imaginé, dans des chaises berçantes, mais sur des chaises droites, en bois, qui formaient quelque chose comme un cercle autour de la table basse centrale couverte de friandises. Personne ne tricotait.

Quand ils m'ont aperçue, ils se sont tous levés, comme si j'étais la première ministre du Québec. Ils étaient tous habillés très chic, les hommes en veston-cravate et les femmes, pour la plupart, en robe. Ils étaient coiffés, maquillés, parfumés. Un grand coup de vent n'aurait pas déplacé le moindre poil dans cette mer de cheveux qui hésitait entre le blanc et le gris-bleu.

Moi, j'avais mis mon jeans bleu turquoise, pour qu'il me porte chance, et un chandail noir d'une effroyable banalité. Sous le crachin de novembre, mes cheveux avaient subi le grand *écrapoutissage*. À mon arrivée dans le salon, ils pendaient avec un navrant manque d'enthousiasme le long de mon visage, sur mes épaules, jusqu'au milieu du dos. Et pour achever ce triste portrait, mes bas étaient troués. Mon parfum : sueur du jour. Je me sentais comme un chien dans un jeu de quilles. Ça me faisait de la peine qu'ils aient mis tant de soin à se mettre beaux seulement pour me recevoir.

On m'a tendu une paire de pantoufles tricotées, un verre d'eau, des sucres à la crème, un plateau de bonbons, des petits gâteaux, des tranches de pain aux bananes, alouette, et j'ai pris place sur la chaise royale qu'ils m'avaient réservée. J'étais la reine, habillée comme la chienne à Jacques.

Alphonsine a fait les présentations, puis chacun des résidents est venu se rasseoir, plus ou moins rapidement. Je n'ai retenu aucun nom, trop nerveuse que j'étais. Elle a rappelé ce que j'étais venue faire chez eux, pour le bénéfice de ceux qui l'auraient oublié. Ils ont trouvé ça très drôle. Je n'allais pas tarder à comprendre pourquoi.

Au téléphone, Alphonsine m'avait expliqué qu'ils étaient une vingtaine aux Hirondelles, mais qu'ils ne seraient pas tous présents à l'activité, certains pour des questions de santé, d'autres pour des raisons personnelles. Mon salaire me serait versé par contribution volontaire (les participants qui le souhaitaient allaient me donner un petit quelque chose). Il n'existait pas de forme de salaire plus imprécise ni plus imprévisible. En comptant Alphonsine et l'infirmière qui venait de se pointer, habillée en civil, j'allais m'exécuter devant une foule de onze personnes. Ça promettait.

J'ai lu les premières pages avec beaucoup de lenteur, comme me l'avait conseillé mon père, sans être capable de détacher les yeux de mon livre. J'avais trop peur de perdre ma ligne et de ne pas la retrouver.

Quand j'ai fini par prendre une pause, les lèvres collées aux gencives par le stress, trois dames avaient l'index levé dans les airs, me signifiant qu'elles voulaient poser une question. À côté de l'une d'elles, un petit monsieur ronflait, la tête appuyée sur l'épaule.

La première voulait que je répète le titre. La deuxième n'avait pas bien compris le lien entre le petit garçon et le vieil homme. La troisième souhaitait qu'on lui permette d'aller au petit coin.

—Euh... oui, allez-y. Voulez-vous qu'on vous attende ?

—Ce serait gentil, merci.

Les autres en ont profité pour me poser des questions sur ma vie, mes amours, ma famille. Et pour me demander d'excuser monsieur Doyon, qui dormait maintenant presque toute la journée, «pour se pratiquer à être mort». J'ai été la seule à ne pas rire. Quand ils ont su que j'avais un frère et trois sœurs, la moitié des gâteries mises sur la table se sont retrouvées dans des boîtes à biscuits en métal posées près de mon manteau «pour ne pas les oublier». La vieille dame qui s'appelait Bernadette était très touchée de savoir que son nom avait trouvé preneur dans le 21e siècle. Elle en avait presque les larmes aux yeux. Mes parents allaient être heureux.

Quand le calme et la dame au pipi ont été de retour, j'ai pu reprendre ma lecture. Je me sentais mieux, les mots coulaient plus naturellement. J'arrivais même à lever les yeux, par moments.

—Oui, vous, madame...

—Laura.

—Madame Laura.

—Excusez-moi, mademoiselle, mais il s'en va où, comme ça, le vieil homme?

—Euh... il s'en va à la pêche.

—À la pêche? À son âge?

La dame à côté d'elle lui a mis la main sur le bras, très doucement.

— On lit *Le vieil homme et la mer*, Laura. C'est l'histoire d'un vieux pêcheur très courageux qui s'en va pêcher tout seul.

— C'est ta petite-fille, Marie-Jeanne ?

— Non, c'est Isabelle, la jeune fille qui vient nous lire des livres.

— Ah oui ? Ça fait longtemps ?

— Non, c'est son premier jour avec nous.

— Ooooh ! C'est donc bien agréable, ça. Bienvenue, Isabelle !

— Merci, madame Laura.

J'allais m'arrêter quelques fois encore pour madame Laura, de même que pour discuter de l'histoire, du courage du vieux, de l'impossibilité d'une telle pêche, de la belle langue d'Hemingway. Moi qui étais partie avec l'idée que c'était un livre somme toute assez ennuyant, je lui trouvais déjà, après une première séance, quelques qualités cachées.

Quand la séance s'est terminée, au bout d'une heure et demie de lecture généreusement parsemée de discussions, Alphonsine m'a fait signe que j'étais libre de partir. Les vieux se sont levés, les uns après les autres, plus ou moins rapidement, pour me remercier et me remettre, au creux de la main, la contribution qu'ils avaient préparée. Quelqu'un s'était chargé de celle de Laura qui se demandait pourquoi les gens applaudissaient.

Je n'ai fait le compte des sous reçus qu'une fois dehors : 11 $. Difficile de croire qu'ils ne s'étaient pas consultés sur la définition de « contribution volontaire ».

~

Sous la menace de ma mère, j'ai dû téléphoner à Alphonsine dès le lendemain pour faire une précision d'une importance capitale selon elle. J'avais tellement peur de les blesser !

— J'ai quelque chose à vous dire, Alphonsine. Je m'excuse vraiment de pas vous l'avoir dit hier, mais...

— Tu ne peux plus revenir ?

— Non non, c'est pas ça, pas du tout, non, je vais revenir samedi, tout est beau.

— Tu me rassures, tout le monde a tellement hâte de te revoir !

— C'est au sujet des desserts que vous m'avez donnés.

— Oui ?

— Deux de mes sœurs sont allergiques aux noix pis aux arachides. Bernadette est aussi allergique au sésame.

— Oh! Mon Dieu! Y avait des noix dans le pain aux bananes! Pis dans les biscuits! Mon Dieu! Le grand malheur!

— Non non, non! Y a pas eu de réactions ni rien, tout le monde est en superforme, c'est juste qu'on n'a pas pu les manger. On voulait vous le dire.

— Dieu soit loué! On aurait pu les tuer!

— Mais non, mais non, c'est même pas passé proche, faites-vous-en pas.

— D'accord, je me calme.

— Mais y a fallu les donner pour pas les gaspiller.

— Oui, quelle bonne idée!

— On est allés les porter au refuge de Lauberivière, où ils servent des repas aux sans-abri.

— Mais oui! Bonne idée! Bonne idée!

— J'ai gardé vos belles boîtes en métal. Je vous les rapporte.

Pour la séance suivante, je me suis faite belle. Pas dans le sens de « je mets une robe », mais plutôt dans celui de « je fais un effort pour m'attacher les cheveux, mettre des vêtements propres, des bas sans trous et des boucles d'oreilles assorties ».

La table était garnie de desserts et autres friandises, tous sans noix ni sésame. Ce jour-là, sur les grands contenants en plastique dans lesquels j'ai ramené les «restes», on avait inscrit: «Sans noix, sans arachides, sans sésame. Plats cuisinés dans un environnement sans noix, ni arachides, ni sésame.»

— Faut pas faire ça, c'est trop généreux, pis ben du trouble.

— Arrête, ça nous occupe! La fille d'Aimée est nutritionniste. Elle est venue nous donner un petit cours en cuisine. C'est un jeu d'enfants d'éliminer ces ingrédients-là dans un dessert. Nos recettes bougent presque pas. Vous avez pas d'allergies aux œufs, chez vous?

— Euh... non.

— Ah. Ça nous aurait fait un beau défi, c'est pas facile de faire des desserts sans œufs, mais c'est moins compliqué comme ça pour vous autres.

Une vieille dame s'est avancée pour la rassurer.

— On va en trouver, Alphonsine, des allergiques aux œufs, c'est tellement à la mode, les allergies.

— C'est pas une mode, Rosanna, c'est une maladie, une maladie grave.

— C'est la mode aussi.

— On s'obstinera pas là-dessus. Pas le temps, nos jours sont comptés.

Je suis repartie, ce samedi soir là, avec 12 $. Une dame qui ne se déplaçait qu'en fauteuil roulant s'était jointe au groupe. Madame Laura m'avait accueillie comme au premier jour.

~

Je suis venue à bout du vieil homme et de sa mer cruelle en sept rencontres. J'ai prononcé les derniers mots au ralenti, comme on joue les dernières notes d'un morceau de musique. C'était presque émouvant. Ne serait-ce que parce qu'on avait tant voulu, ensemble, qu'il le ramène, le foutu poisson. Si le vieux avait eu une GoPro pour filmer son exploit, il serait, à l'heure qu'il est, une méga-vedette sur les réseaux sociaux et ailleurs. C'est souvent ce qui manque aux plus merveilleux exploits, une caméra.

J'ai ensuite attaqué *Le vieil homme qui lisait des romans d'amour*. Les femmes ont lâché des petits cris gênés quand j'ai donné le titre, pensant que j'allais leur lire une histoire pornographique. Mais après la scène d'ouverture où le dentiste arrache des dents sans anesthésie sur le quai de la ville et distribue les dentiers avec un gros à-peu-près, ils ont compris qu'on ne parlerait pas beaucoup de fesses. C'est un roman de luttes de toutes sortes qui parle d'un homme qui essaie d'apprendre à lire.

Nous en étions environ au milieu du roman quand Rose-Aimée est venue m'avouer, dans le creux de l'oreille, qu'elle ne savait pas lire, elle non plus. Elle n'avait qu'une troisième année. Comme tant d'autres de sa génération, elle avait été arrachée à l'enfance par le travail et la grosse famille dont il fallait prendre soin. Quand j'additionnais à cela toutes les autres bonnes raisons que j'avais de venir là deux fois par semaine, je commençais à me sentir importante. Ma ligne de sourcils avait du renfort pour l'édification de mon estime de moi.

En quittant l'Amazonie à la fin de ce deuxième roman, mes visites me valaient en moyenne 14 $, même si la santé vacillante de certains résidents ne leur permettait pas toujours d'être présents. Mon coffre se remplissait, ma famille engraissait en toute sécurité. Très sincèrement, j'adorais cela.

Quand je me suis lancée dans la lecture du *Vieux qui ne voulait pas fêter son anniversaire*, je n'avais pas mesuré le danger : certains, comme monsieur Doyon (quand il ne dormait pas), riaient tant que je les croyais toujours au bord de la crise cardiaque. Le niveau de stress de l'infirmière est demeuré passablement élevé pendant les quelque six cents pages de ce livre qui allait nous occuper pendant trois mois. Madame Laura continuait de poser des questions sur le vieux pêcheur et j'essayais toujours de lui donner une réponse encourageante.

— Y a réussi à pêcher un énorme espadon.

— Ah! Tant mieux.

Ça la rendait heureuse.

~

C'est peu de temps après avoir commencé ce livre que j'ai croisé, dans le stationnement arrière du foyer – ça me faisait un petit raccourci pour me rendre chez moi –, près de la porte de service, le camion de livraison de l'épicerie.

Ce qui aurait dû être un événement banal est devenu un épisode marquant de ma vie.

Le chauffeur du camion, un parfait inconnu aux traits sévères, était assisté d'un autre gars, plus jeune, plus beau, plus familier aussi.

— Zazie!

— Ah... Pal... Jean!

— Qu'est-ce que tu fais là?

— Je... je lis... Oui, je lis.

— Tu lis?

— Oui.

— Tu lis quoi?

— Des livres. Je lis des livres aux vieux du foyer.

—Ah oui? C'est ben cool! Ça fait longtemps?

—Non, pas trop. Pis toi? Qu'est-ce que tu fais ici?

—J'attends l'autobus.

Épaisse. Il sortait d'un camion IGA, portait une veste IGA, une tuque IGA et tenait dans ses bras des sacs IGA qu'il s'apprêtait à déposer dans les cuisines du foyer où quelqu'un avait passé une commande chez IGA.

—Je te niaise!

—Ha! ha!

—Toujours en amour?

—Euh... oui.

—Cool! Excuse-moi, faut que j'aille déposer ça.

Je l'ai regardé se diriger vers le foyer la mort dans l'âme. Ça lui allait bien, des sacs d'épicerie. Tout lui allait bien. J'étais toujours en amour, oui.

Pour ajouter à la magie du moment, une petite neige s'est mise à tomber, toute légère. Des flocons en apesanteur dans le soir sans vent, comme si nous étions dans une boule de neige qu'on venait de brasser. Même si je m'étonne chaque fois que ça ne goûte que l'eau, j'ai tiré la langue.

—Hé! On te donne un *lift*?

—Euh... un *lift*?

—Oui, un *lift*.

—Vous retournez pas à l'épicerie?

—On peut faire un petit détour de deux rues.

—Ben... merci, mais je vais marcher.

—T'aimes la neige?

—Genre.

C'était sorti tout seul, de mon fond d'ado attardée. Je pouvais tellement me détester par moments.

—Okidouki! Bye!

—Merci quand même...

Je n'ai pas bougé pendant que le camion reculait et se positionnait pour sortir de l'entrée. Dans les jets de lumière des phares arrière, la neige était rose bonbon. Je suis restée longtemps clouée sur place, le cerveau en purée. J'ai un formidable talent pour gâcher ma vie.

~

—Allô, ma belle cocotte!

—Allô, p'pa.

—Sandrine est à son cours de gardienne avertie?

—Hum hum.

—*Oh boy!* Le moral des troupes est à terre.

—Hum.

—C'est les grosses pas fines de l'école qui te mettent dans cet état-là?

— Mais non.

— C'est Ophélie ?

— Non.

— Les petits te lâchent pas, tu voudrais qu'on en vende un ou deux ou trois ?

— P'pa !

— OK, OK.

— Tu veux traduire quoi, là ?

— Rien. C'est juste qu'y a quelqu'un pour toi à la porte.

Je venais de raccrocher avec Ophélie.

— C'est qui ?

— Je le sais pas, je le connais pas.

— Le ?

— Oui, "le", qui est un pronom personnel désignant le masculin.

— Maman le connaît pas non plus ?

— Ta mère est à l'épicerie, j'avais besoin d'aneth pour ma recette de poisson. Mais Simon a l'air content de le voir.

— Dis-y que j'suis pas là.

— J'ai déjà dit que t'étais là.

— Dis-y que j'ai disparu.

— Téléportation ou kidnapping extraterrestre ?

— Laisse faire.

— Je remonte pis j'y dis que tu t'en viens.

Si c'était «le quelqu'un» à qui je pensais, mon père était même capable d'en profiter pour lui soutirer une «touche jeune» pour ses traductions.

Quand je suis arrivée au rez-de-chaussée, les petits, mon père et le chat étaient massés près de la porte. Si je ne m'étais pas empressée d'intervenir, ils auraient révélé tout de ma vie avant même que j'aie eu le temps de lui demander ce qu'il voulait.

— Pis, tes oreilles, p'tit homme, ça va?

— Regarde, ça, c'est mon camion de pompier.

— Oh wow! T'es chanceux!

— OK, c'est beau, merci tout le monde!

Mais ils restaient tous là, à me faire des sourires niais, baignés dans une bonne odeur de poisson. Palmo était arrivé par la ruelle, donc nous étions tous dans la cuisine, là où mon père préparait le repas tout en supervisant les devoirs des petits et le chat en train de se faire torturer car, suivant le désir de Simon, il devait absolument entrer dans le camion de pompier.

— OK, je m'habille pis je te suis.

Une fois dans la ruelle, je ne comprenais plus très bien ce que je faisais là. Palmo restait silencieux, les mains dans les poches, les yeux tournés vers les lampadaires qui ressemblaient à de gros suçons avec leurs halos orangés. Le décor était tout propre, enfariné par une fine pellicule de neige. Le ciel, pour l'occasion, avait pris une teinte d'un mauve invraisemblable. C'est chaque année pareil, avant de se mettre à être détestable, la neige nous fait toujours le coup d'être émouvante.

— T'as déjà fini de travailler?

— Oui, j'ai décidé de marcher. Pour manger des flocons.

Il m'a jeté un regard de côté, comme le fait souvent mon père quand il lance une blague. La neige lui allait si bien, il était si beau, tout était merveilleux. J'aurais voulu que tout s'arrête, que le monde se fige pour me laisser le temps de m'imprégner de chaque détail de ce magnifique tableau. J'avais l'impression de n'avoir jamais été aussi heureuse.

— Ça goûte rien.

— Ça goûte l'eau.

— Pourtant, y a des molécules de cadavres partout, même dans l'eau…

— Ouach!

Jambette de mon cerveau. L'ingestion involontaire d'êtres humains n'était certainement pas un bon sujet de conversation pour un premier tête-à-tête.

— J'ai croisé ta mère à l'épicerie.

— Ah. Super.

—Oui. Autrement, j'aurais pas su.

—Que...

—Que Simon, c'est pas ton demi-frère.

—Ah! Ça! C'étaient des blagues, j'ai dit ça dè même, c'était niaiseux. (Pédale, Zazie, pédale!)

—Y est tellement *cute*.

—Oui, super *cute*.

—Les autres aussi.

—Oui, aussi.

—Vous êtes quatre?

—Cinq. Y manquait Sandrine, tantôt.

—Vous êtes cinq enfants?

—Oui.

—Wow! C'est cool!

—Oui, super cool. Ma mère te l'a pas dit?

—Non.

—Ah.

—On a surtout parlé de toi.

—Ah! Super!

—Oui...

—Pis, vous avez dit quoi?

—J'y ai dit qu'on s'était croisés au foyer.

—Ah, ben oui.

—Pis on a parlé de ton chum.

—De mon chum?

—De l'inexistence de ton chum, en fait.

Pas croyable, ma mère lui avait raconté ça! Je me sentais trahie jusqu'aux os, l'air n'entrait plus dans mes poumons. Si elle lui avait dit que je n'avais pas de chum, elle lui avait peut-être aussi déballé toute l'histoire avec le Clan des leggings, la bataille, les menaces, mon désespoir de ne plus pouvoir l'approcher. Je me sentais nue comme un ver.

J'ai tourné les talons et me suis mise à marcher rapidement en sens inverse. Je voulais disparaître. J'aurais pris n'importe quelle façon de fuir, la téléportation, la miniaturisation, la transmutation en molécules de cadavre en suspension, n'importe quoi.

— OK, on se calme.

— Laisse-moi.

— C'est moi qui lui ai posé des questions!

— Pis!

— Pourquoi c'est si grave? T'as pas de chum, t'as pas de chum, c'est tout!

— Ça va être correct.

— Je comprends juste pas pourquoi t'as inventé ça pour m'éviter.

Il me suivait à la trace, sur nos empreintes. Le décor me semblait déjà un peu moins beau.

— Attends!

— Faut que je rentre.

197

— Dis-moi juste que je te tape sur les nerfs, pis je vais te foutre la paix pour de bon.

— …

— Je comprends pas.

— …

— OK. Regarde. Je voulais juste te poser une question.

— Y reste des choses que ma mère t'a pas dites ?

— Chut !

Il a attrapé ma main et m'a doucement ramenée à lui, jusqu'à ce que nos nez se touchent. Presque. La buée de nos bouches ne formait qu'un seul nuage blanc. Dans l'iris de son œil gauche flottait une tache jaune, comme une pierre précieuse. Il était d'une beauté suffocante.

— Voudrais-tu…

— Hum ?…

— Voudrais-tu…

Il a incliné légèrement la tête, de quelques degrés, et ses lèvres ont touché les miennes. Je ne me suis pas demandé quoi faire, je savais. Et dire que j'avais, pendant toutes ces années, léché pour rien le miroir de ma chambre.

~

Quelques minutes plus tard, quand je suis tombée sur ma mère en entrant dans la cuisine, j'ai eu envie de la serrer dans mes bras de toutes mes forces, même si je lui en voulais terriblement. C'est ce qu'on appelle éprouver des sentiments contraires.

— Viens m'aider, j'ai les mains pleines.

Je me suis empressée de l'aider à ranger le contenu des six gros sacs qu'elle était parvenue à remplir en allant chercher quelques branches d'aneth. Sans avoir trouvé l'aneth. Pour la toute première fois de ma vie, j'ai eu du plaisir à ranger l'épicerie. Comme ma mère n'était pas encore au courant de ma promenade avec Palmo, elle me trouvait louche.

Bernadette était en train de « faire des faces » en décollant les petits carrés colorés de mon Rubik's Cube.

— Regarde, Zazie, j'ai fait la face rouge.

Elle avait placé sur le plancher, tout autour d'elle, une bonne partie des autres collants; elle se préparait à faire la face jaune. Je lui ai fait un bisou sur le front. Sandrine aurait pu m'avoir emprunté mon jeans bleu turquoise que je n'aurais rien dit.

Mais pendant le délicieux souper de poisson aux épices et citron, tous les yeux étaient rivés sur moi, comme si j'étais une femme à barbe. Mon père avait mis ma mère au courant. Ils me bombardaient de questions silencieuses. Moi, je mangeais. C'était tout à coup si bon, le poisson.

Le mot « *frencher* » m'est apparu à ce moment-là bien vulgaire pour dire une si belle chose. J'ai appelé Ophélie et nous en avons discuté pendant quelques heures. Finalement, nous nous étions « embrassés », Palmo et moi.

Évidemment, mon père est venu faire son tour un peu plus tard. Sa curiosité n'était pas rassasiée. Il n'avait pas réellement besoin de mon aide, il venait seulement à la pêche pour essayer de me faire parler. Et il était forcément de mèche avec ma mère.

— Allô, ma belle cocotte !

— Chut ! Sandrine dort déjà.

— Ouin, c'est fatigant les cours de gardienne avertie.

— On dirait.

— Je te dérange pas ?

— Non, je finissais mes devoirs.

— Parfait. J'avais juste une petite question pour toi.

— Question de traduction, j'imagine.

— Oui, mais c'est juste pour la touche jeune.

— Bien sûr.

— C'est pour une pub.

— De cellulaire, j'imagine.

— On peut rien te cacher. Donc, on dit : "*Designed to capture the moments that matter.*"

— OK.

— J'ai traduit ça par : "Conçu pour saisir les moments qui comptent." J'hésite entre "les moments qui comptent" et "les moments importants".

— C'est la même chose.

— Tu trouves ?

— Oui, mais je trouve que ça manque de... positif.

— De positif ?

— Un moment important, ça peut être à la limite négatif. Si quelqu'un que tu connais meurt, par exemple, ça risque de changer ta vie. C'est un moment important d'une certaine façon, mais pas un moment heureux, c'est même plutôt poche.

— Ouin, mais le sens positif est sous-entendu dans le mot "important", quand même. Tu mettrais quoi ?

— Hum... "Témoin fidèle de vos moments les plus précieux" ou juste "Témoin de vos moments les plus précieux". La touche positive du mot "précieux" est plus évidente, me semble.

— Ah ! On s'éloigne un peu de l'anglais, mais c'est pas une mauvaise idée.

201

—Ou, si t'as de la place : "Le témoin idéal des plus beaux moments de votre vie." "Idéal" ou "fidèle", je sais pas trop.

—C'est un peu long. Mais je réfléchis à ton autre suggestion. C'est très... enthousiaste.

—Tu trouves ?

—Un peu comme toi en ce moment, non ?

—Euh... oui.

—Serais-tu en train de vivre un "moment précieux" ?

—Dans le sens de...

—Dans le sens de "moment qui change une vie positivement" ?

—Pourquoi moi ?

—C'est qu'on se demandait si la venue du jeune homme tantôt...

—*Scotty, beam me up right now !*

La magie de ce que je venais de vivre n'aurait pu être saisie par aucun cellulaire au monde. C'était un moment à huit dimensions qui goûtait et sentait. On dira ce qu'on voudra, en certaines occasions, une image ne dit pas grand-chose.

7

Le 15ᵉ Skittles

Suivant la loi du baril, mon débordement de bonheur avait fini par faire suer quelqu'un. Ici, on le devinera, le quelqu'un en question portait des leggings, se prenait pour le nombril du monde et compensait son manque de cervelle par des talons qui ne trompaient personne.

La seule chose que Palmo ignorait toujours à mon sujet était précisément ce qui m'empêchait d'agir normalement avec lui à l'école. Bon, le «normalement» nageait déjà en eaux troubles étant donné que notre embrassade, sans faire de nous un couple, brouillait les cartes de notre amitié déjà toute nouvelle. Le Clan des leggings n'a pas mis deux jours à s'en apercevoir. J'avais défié la règle et touché à l'interdit. Et, comme prévu, les hostilités n'ont pas tardé à se mettre en branle. Faut lui donner ça, le Clan des leggings sait tenir parole.

Vicky et sa bande s'étaient donné rendez-vous du côté de la sortie des élèves du premier cycle pour m'attendre, moi. MOI! Tout un tas de leggings mâchant de la gomme comme des joueurs de baseball me barraient la route. C'était le jour de lecture au foyer et je me dépêchais pour aller attraper l'un des premiers autobus. Mais les grosses méchantes, comme dans les films d'action, avaient pris une longueur d'avance sur moi. Elles avaient peut-être même « foxé » leur dernier cours pour être certaines de m'attraper. Et pour fourbir leurs armes, bien sûr (bien que « péter la gueule en sang » ne devait pas exiger de grandes tactiques). Ophélie, qui me suivait, a lâché un petit cri d'oiseau.

— Hiiiii!

— Merde!

— C'est pas vrai, c'est pas vrai...

Le Clan nous a souri entre deux mastications, content de ne pas nous avoir ratées.

— Tiens, la Zazibelle qui arrive.

— Qu'est-ce que tu veux?

— Me semble t'avoir fait un avertissement, toé.

— ... (Difficile déglutition!)

— T'as peut-être des problèmes de mémoire.

Je croyais jusqu'à ce jour que faire un exposé oral était une expérience terrorisante. C'est que je n'avais encore jamais vraiment ressenti la peur, et encore moins la terreur. Là, devant moi, elle s'incarnait dans toute son horreur. Si je pouvais survivre, je ne chialerais plus jamais quand viendrait le temps des exposés oraux.

En guerrière prévoyante, Vicky avait refilé ses affaires à un sous-fifre du groupe. Tout en me parlant, elle exécutait une espèce de danse de Saint-Guy qui risquait plus de lui disloquer une épaule que de lui réchauffer le bras. Avec un peu de chance, elle se mettrait K.O. elle-même. Le bas de son corps, saucissonné dans un legging serti de têtes de mort, vibrait comme un Jello macabre.

Il était hors de question que je me batte. Je mourrais de peur bien avant d'avoir esquissé le moindre coup de poing. Je m'accrochais à mon sac à dos que je tenais comme un bébé. On n'attaque pas une femme avec un bébé dans les bras, c'est lâche.

— OK, Zazie, va falloir commencer à penser à ouvrir les bras. La grosse connasse s'approche.

— Je veux pas me battre !

— Je pense qu'elle, oui.

L'instinct de survie est fort chez l'humain. Devant un gros tas d'élèves spectaculairement muets pour ne rien manquer de la bagarre qui s'annonçait, j'ai fait une dernière tentative pour raisonner mon ennemie. Je vis d'espoir, c'est plus fort que moi.

—Le monde t'appartient pas.

—Ouin, grosse cave!

—… (Merci, Ophélie!)

La «grosse cave» s'est ruée sur moi et m'a poussée de toutes ses forces en écrasant mon sac. Tant pis pour le bébé. Le signal du départ donné, la foule s'est transformée en un troupeau hurlant. Une vraie bande de gorilles disjonctés.

Une fois sur le dos, j'ai perdu contact avec la réalité. Tous mes repères s'étaient temporairement évanouis dans l'invraisemblance de la scène. Étais-je vraiment en train de me battre? Vicky allait-elle réellement me péter la gueule en sang? J'ai encaissé un choc et une grosse douleur dans la jambe gauche – Ophélie allait me raconter plus tard le fabuleux coup de pied. Puis, plus rien. Le grand vide. C'était tout? Sur le coup, me croyant morte, je me suis sentie soulagée. C'était pas si douloureux, finalement, mourir.

Puis je suis doucement revenue à la réalité. Je me suis relevée, soutenue par Ophélie, pour constater qu'on avait pris ma défense. Une grande fille, dont j'ignorais le nom, tenait Vicky par le col du manteau et lui parlait littéralement dans le nez, les dents serrées. Les poings sur les hanches, Ophélie essayait de suivre la conversation, comme si elle s'apprêtait à intervenir. On avait de nouveau éteint le son de la foule. Tout le monde tendait l'oreille pour attraper des bribes de ce qui se susurrait dans un face-à-face tout à fait inattendu.

— … fait que dégage! Toé pis ta bande de petites connes.

— Va chier, maudite gouine!

— Sacre ton camp avant que je change d'idée!

— Ouin!

— … (Merci, Ophélie!)

— Pis je te casse la gueule si tu y retouches encore.

Entre-temps, les agents de sécurité avaient déployé leur plan d'intervention conçu pour dénouer les bagarres générales: ils tiraient les gens par la manche et criaient à qui mieux mieux.

— Dégagez, dispersez-vous, dégagez, y a rien à voir!

— C'est ça, dégagez, rentrez chez vous!

Du grand art. Roméo, le plus gros des deux, soufflait comme une vieille locomotive. Ils avaient des airs de coqs satisfaits. Comme une tache d'huile chassée par une goutte de Palmolive, la foule s'est dispersée dans toutes les directions, très loin de son épicentre.

On m'avait prestement conseillé de suivre les ordres et de dégager, pour que les agents ne puissent pas identifier celles qui étaient responsables du désordre. Le directeur ne serait pas aussi clément à mon endroit si j'atterrissais encore dans son bureau pour une autre histoire de bagarre.

L'ensemble de l'opération – la bataille, le sauvetage et la Grande Dispersion – n'avait pris en tout que cinq minutes. Dans ma tête, il me semblait que le cauchemar avait duré des heures. C'est fou comme le temps peut se distordre quand il est réglé par le cerveau.

La fille qui venait de me sauver la vie n'avait pas attendu que je la remercie avant de quitter le champ de bataille. Nous avons piqué une petite course, Ophélie et moi, pour la rattraper. Je tenais au moins à la remercier.

— Euh... salut... je... euh...

— Janik.

C'était une fille-femme, grande et costaude, sûre d'elle, aux cheveux mi-longs, en broussaille. Son visage était couvert de taches de son qui lui donnaient un teint bronzé. Quand elle s'est tournée vers moi, le soleil est entré de côté, comme un rayon laser, dans ses yeux verts, style forêt ancestrale – c'est plus vert que la forêt ordinaire. C'était une beauté sauvage, une fille magnifique. Le genre de fille que j'aurais détestée en d'autres circonstances.

—Isabelle.

—Ophélie.

—Y t'écœureront plus. Sinon tu me le dis.

—Merci.

Elle nous a servi un grand sourire, à toutes les deux.

—Je vous en devais une.

On n'a pas tout de suite compris. C'est en regardant sa veste, marquée aux couleurs de l'équipe de basket, qu'on a fait le lien.

Mais oui, évidemment! Ce qu'on fait aux autres nous revient un jour ou l'autre. C'est comme cracher en l'air.

~

Dans l'autobus, en route vers le foyer, le cellulaire d'Ophélie a sonné. C'était ma mère.

—Oui allô! Oui, hum hum, oui, hum hum, oh non! oh non! C'est pas vrai, oui, OK, mais je peux peut-être... oui, hum hum, hum hum, OK, hum hum. Pas de problème, oui, promis.

Je trouve généralement que les conversations téléphoniques appartiennent à la catégorie des sons vraiment agressants. C'est un peu comme écouter une émission de télé en coupant le son toutes les cinq secondes, ça rend fou. Une conversation téléphonique qui me concerne et dont j'ignore même le sujet est doublement agressante, parce qu'inquiétante.

— Pis ? Qu'est-ce qui se passe ? Qu'est-ce qu'y a ?

— C'est correct, calme-toi.

— C'est quoi les "oh non ! oh non !" ?

— Bernadette a mangé du sésame à l'école, dans une trempette à l'humus, une affaire de même.

— Merde !

— Je pense, en tout cas. Ta mère est avec elle, à l'hôpital, elle va super bien, mais ils la gardent en observation encore quelques heures.

— Pauvre p'tite ! Mais y sont ben cons !

— C'est un accident, tout est correct, là.

J'avais envie de pleurer. Le va-et-vient de l'adrénaline était en train d'avoir raison de mes nerfs. Les malheurs se tiennent en groupe, c'est bien connu. Mon baril s'était rapidement vidé.

— Ton père s'occupe d'aller chercher Éliane pis Simon. Y vont retourner ensemble à l'hôpital, parce qu'Éliane va absolument vouloir voir Bernadette.

210

—C'est sûr. Ces deux-là...

—Sandrine s'en va directement à son cours de gardienne avertie, mais y aura personne chez vous quand elle va rentrer.

—Merde.

—Ton père fait dire que si tu peux pas sauter ta lecture d'aujourd'hui pour t'occuper de Sandrine, il va s'arranger pour revenir à temps.

—OK.

—Mais j'ai une autre idée.

—Quoi ?

—Va à ta lecture, je m'occupe de Sandrine. J'appelle ton père pour lui dire que je m'en vais l'attendre chez vous.

—Ben là, Off...

—Donne-moi tes clés. Inquiète-toi pas.

—Off... je sais pas...

—Débarque, c'est ton arrêt. On se voit tantôt.

—Déjà !

—Bye.

—OK, bye, merci.

La grosse carcasse pleine à craquer d'étudiants et de travailleurs s'est remise en branle. Ophélie tenait son pouce en l'air. Tout est beau, ça va être correct. Merci, Ophélie.

Quand je suis arrivée au foyer, les vieux m'attendaient, la mine basse : monsieur Grenon venait d'être transporté dans une maison de soins de fin de vie. Dans les « journées de marde », il n'y a pas de répit, tant que le soleil n'est pas couché. C'est comme ça. Pour les vieux du foyer, monsieur Grenon était mort. Ils ne le reverraient que dans sa tombe, dans quelques jours, quelques semaines. Le départ de l'un des leurs, chaque fois, leur rappelait que leur tour approchait. Ils vivaient dans une file d'attente, dans l'antichambre de la mort. Certains la souhaitaient, d'autres l'appréhendaient, mais tous y passeraient.

Je ne voulais pas les relancer avec mes malheurs, mais je n'ai pu m'empêcher de leur dire pour Bernadette. Les vieilles dames, Bernadette surtout, ont lâché des cris de terreur.

— Mon Dieu! Il faut absolument faire une prière.

— Inquiétez-vous pas, elle va super bien, j'ai eu ma mère au téléphone tantôt.

— T'as un téléphone de poche, maintenant?

— Non, pas encore, c'était celui de mon amie Ophélie.

— Bon, quand même, on va faire une petite prière. C'est jamais perdu d'insister un peu.

D'un commun accord, tout le monde s'est recueilli silencieusement pour faire des demandes spéciales au dieu de son choix – madame Ming, par exemple, s'adressait à Bouddha. Bernadette marmonnait, des perles de larmes au coin des yeux. Le sort de ma petite sœur était désormais lié au sien.

C'est le cœur lourd que nous nous sommes plongés dans les frasques du vieux centenaire qui a tout de même fini par nous faire rire. C'est ce qui est magique avec les livres, on peut changer d'atmosphère en quelques minutes, sans quitter sa chaise.

On s'amusait de la colère que Staline avait faite au vieux dans notre roman quand Ophélie s'est pointée au salon, suivie de Sandrine. Je me suis levée d'un coup en échappant mon livre.

— Qu'est-ce qui se passe ?

Ophélie m'a fait signe de l'index. J'ai parcouru en deux bonds la distance qui nous séparait.

— Qu'est-ce qui se passe ?

— Rien de grave. Ta sœur voulait juste te voir.

— J'avais fini, j'allais rentrer bientôt.

Ma petite sœur m'a regardée d'un air piteux, comme pour dire « je m'excuse ». Elle venait de se faire tout un tas d'idées noires avec l'histoire de Bernadette, ça se voyait dans ses yeux pleins de ténèbres. C'était encore une petite fille, au fond, et une petite fille tellement fragile. Je l'ai serrée très fort.

— Ça va être correct.

—Zazie...

—Bernadette va super bien.

—T'es sûre?

—Juré promis. Viens, on va rentrer chez nous.

Elle s'est mise à pleurer toute sa peine retenue en enfouissant sa tête dans mon cou. Derrière nous, des «oh!» et des «ah!» d'émotions ponctuaient le silence cérémonial. Alphonsine s'est approchée doucement.

—Donnez-moi votre manteau, les belles filles, venez vous asseoir un peu, entrez.

Sandrine a réussi, entre ses larmes, à lui faire un petit sourire. Elle venait probablement de reconnaître Alphonsine dont je lui avais souvent parlé. Je l'ai laissée décider.

—On peut rester, si tu veux.

—D'accord.

—Ah! C'est parfait, bienvenue! Bienvenue à vous deux! Venez, venez, ça ouvre l'appétit, les émotions. Ma belle Isabelle, présente-nous tes invitées.

Ophélie et Sandrine se sont acquittées des politesses d'usage et sont allées s'asseoir près de la table à desserts, là où on leur avait rapidement fait une place. Par des sourires appuyés et des mains tendues, on les invitait à se servir.

Même si l'activité venait officiellement de se terminer, j'ai poursuivi, à la demande de mes vieux amis, la lecture du *Vieux qui ne voulait pas fêter son anniversaire*. On avait encore besoin de rire un peu. L'âge moyen de l'auditoire que j'avais devant moi venait subitement de chuter, dissipant par la même occasion une partie du brouillard qui s'était abattu sur lui après le départ de monsieur Grenon. Sandrine me regardait comme si j'étais une vedette.

Nous en étions au troisième « meurtre accidentel » de la bande du vieux quand un brouhaha s'est à nouveau fait entendre à l'entrée du foyer. L'infirmière s'est rapidement dirigée vers la porte pour revenir, quelques secondes plus tard, avec mon père, suivi de Simon et d'Éliane.

—J'suis désolé ! Je pensais que c'était fini.

—Mais entrez, entrez, venez vous asseoir.

Les pensionnaires qui pouvaient se lever l'ont fait, pour faire de la place.

—Non, non ! Bougez pas ! Merci beaucoup de l'invitation, mais je venais juste chercher les enfants pour les emmener souper.

—Pis la petite Bernadette ? Comment va-t-elle ?

—Elle va bien, très bien même, merci. Elle devrait sortir dans la soirée, on attend seulement que le médecin repasse pour signer son départ.

— Merci, mon Dieu, on s'est fait du souci pour elle.

— C'est gentil, mais tout est sous contrôle. Y a eu plus de peur que de mal, comme on dit.

— Tant mieux! Tant mieux!

— C'est gentil à vous d'avoir accueilli Sandrine et Ophélie.

— Mais j'y pense, restez donc à souper ici! On a fait un gros bouilli de saison avec Carole aujourd'hui. Y en a pour une armée.

— Mais non, on vous a déjà assez dérangés comme ça.

— Et y a pas de noix, pas d'arachides, pas de sésame dans notre bouilli, hein Carole?

Simon avait couru jusqu'à la table à desserts. Dans sa main droite, trois sucres à la crème subissaient le grand *écrapoutissage*, tandis que sa main gauche tripotait un truc brun désormais impossible à identifier.

— Simon, non!

— C'est pas grave, on va tout nettoyer. Alors c'est d'accord? Vous restez?

Mon père avait le moral un peu mou et semblait incapable de résister. Quand il a relâché les épaules, j'ai su que nous allions manger du bouilli en méga grosse famille ce soir-là. Ophélie m'a regardée, juste pour vérifier : mais non, pas de danger, personne n'a jamais mis de brocoli dans un bouilli.

— Pourquoi pas ? Merci beaucoup, c'est vraiment gentil. J'adore le bouilli !

— Pis votre femme n'est pas là pour faire le souper.

— Ah ah ! Attention ! C'est moi le cuisinier en chef chez nous !

— C'est vrai, ça ?

— Sur la tête de mes enfants.

Les pensionnaires qui avaient entendu la remarque ont lâché des « oh ! » mêlés d'admiration et d'incrédulité. Pour eux, nés à une tout autre époque, les hommes qui faisaient à manger appartenaient plus à la légende qu'à la réalité. Mon père n'était qu'un spécimen qui sortait de la norme.

Comme Simon venait d'avaler l'équivalent de son poids en sucreries de toutes sortes, le souper a été quelque peu mouvementé. Mais tout ce qui tombait ou se renversait était promptement ramassé. Seule une petite assiette à pain en porcelaine n'a pu être sauvée. Dommages collatéraux du bonheur familial.

Nous en étions à boire le bouillon dans le fond de notre bol en y trempant du gros pain de ménage quand ma mère est arrivée dans la cuisine avec Bernadette qui essayait de se cacher dans les pans de son manteau ouvert.

—Allô tout le monde!

—Hein? Déjà? Tu m'as pas appelé?

—Le médecin est passé une demi-heure après ton départ. C'est Ophélie qui m'a envoyé un texto pour me dire que vous étiez tous ici. Pis comme t'avais l'auto… On a sauté dans un taxi.

—Bon, OK. On s'est fait inviter à souper.

—Je vois ça.

—Venez donc vous asseoir, venez venez, y en a pour tout le monde! Bonjour, madame!

—Vous devez être Alphonsine…

Éliane s'est jetée dans les bras de Bernadette, comme si elles ne s'étaient pas vues depuis des années. Ces deux-là étaient liées par leurs allergies, de vraies jumelles face à l'ennemi caché partout, même dans les trempettes servies à l'école. Ce que l'une vivait, l'autre le ressentait. Pour s'éviter les doubles peines, mes parents coordonnaient toujours leurs rendez-vous chez le dentiste. Même chose pour les vaccins.

Après un autre remue-ménage de chaises orchestré par Alphonsine, ma mère et ma sœur ont eu droit à leur bol de bouilli servi avec du pain de ménage. Tout le monde était là, y compris la miraculée. Mes parents et leurs *fünf* enfants. L'émotion était à son comble. Madame Laura croyait que nous étions ses petits-enfants, même si elle ne se souvenait pas de nos noms.

La grande Bernadette, très émue, s'est approchée de la petite, à pas feutrés. Elle ne voulait surtout pas l'effrayer.

— Bonjour, petite. Je m'appelle Bernadette. Je suis une amie de ta sœur.

Ma petite sœur l'a regardée longuement, la bouche ouverte, comme un chevreuil aveuglé.

— Moi aussi, je m'appelle Bernadette.

— Je sais, ma belle, ta grande sœur me l'a dit. On a le même nom, mais j'ai quatre-vingts ans de plus que toi.

Ce qui ne voulait absolument rien dire pour elle qui ne savait même pas compter jusqu'à vingt. Vieillir était un concept un peu flou. Bernadette nous avait d'ailleurs récemment exposé sa très amusante théorie de l'évolution des espèces : au début des temps, il y avait eu les dinosaures, ensuite les singes, puis sont venus les châteaux, suivis de près par les grands-mères et, pour finir, au dernier échelon de l'évolution, se trouvaient les gens ordinaires. À la question « euh... c'est quoi des gens ordinaires ? », elle avait seulement répondu « des gens comme moi, ordinaires ». Elle ne pouvait donc pas devenir une grand-mère puisqu'elle appartenait, selon elle, à cette dernière espèce. Je ne lui ai pas dit tout de suite pour ne pas la déstabiliser, mais ma Bernadette a toujours eu un petit quelque chose d'extraterrestre.

~

Après la corvée de vaisselle, tout le monde est retourné au salon pour le dessert ; la table était encore bien garnie des « collations » non ravagées par Simon, on n'allait pas se casser la tête. Ma mère en a profité pour faire une tournée de remerciements et de mots gentils. En bonne enseignante toujours au poste, elle essayait même d'apprendre les noms des résidents. Mes sœurs, Sandrine et Éliane, se sont gentiment offertes pour nous faire une petite chorégraphie sur une chanson de Katy Perry jouée à partir du téléphone de mon père. J'en ai profité pour retourner voir à la cuisine si j'y étais.

Quand nous avons quitté le foyer un peu plus tard, Simon dormait dans les bras de ma mère, Bernadette dans ceux de mon père. La journée les avait épuisés. Ils s'étaient littéralement évanouis de fatigue.

À mon grand étonnement, Dyane attendait Ophélie devant le foyer. Contrairement au père d'Ophélie, Dyane n'avait pas peur des coussins gonflables, mon amie pouvait donc s'asseoir à l'avant.

Comme il neigeait encore, je suis rentrée à pied, prétextant vouloir manger des flocons. Mes parents se sont fait un clin d'œil. Évidemment, je voulais faire un détour par la ruelle.

Cette fois, je ne passais pas là par hasard, pour faire semblant de ceci ou cela, je passais pour le voir, lui. Les événements de la journée m'avaient chargée à bloc. J'en avais plein le dos des mensonges et des menaces. Je venais tout liquider.

La porte du garage était fermée, mais on entendait les gars derrière qui travaillaient sur « le char ». La lumière qui traversait les fenêtres traçait quatre carrés jaunes sur la neige. Je ne me suis pas laissé le temps de penser, j'ai cogné trois petits coups bien sentis.

L'immense porte a basculé sur ses leviers pour se soulever de quelques pouces. Je voyais seulement une botte.

— C'est qui ?

— Isabelle.

— Isabelle ?

— Jim, lève, c'est pour moi.

J'entendais maintenant clairement la musique, le cliquetis métallique des pièces qui s'entrechoquaient, les blasphèmes. Palmo s'est mis en petit bonhomme, les fesses sur les talons, pour se glisser hors du garage.

—Salut!

—Salut! C'est beau, referme!

En se rabattant, la porte a ravalé le bruit. Ce n'était plus qu'une rumeur étouffée qui mourait à quelques pieds du garage.

—J'ai inventé l'histoire du chum parce que Vicky m'a dit que si je t'approchais encore, elle me péterait la gueule.

—Elle a dit ça?

—En fait, elle m'a dit qu'elle me "péterait la gueule en sang".

—Ah ben, c'était ça l'affaire!

—Oui, pis aujourd'hui, Vicky m'a attendue à la sortie de l'école parce que...

—L'histoire de la bataille de filles, c'était toi?

—C'est ça, c'était moi pis Vicky.

—Tu t'es battue avec elle?

—Plutôt contre elle. Mais y a une fille de l'équipe de basket qui m'a défendue.

—Hein? Qui?

—Janik.

—Je la connais pas.

— C'est une fille qui est en 4.

— Ah !

— Mais je m'en fous de Vicky.

— J'ai jamais rien voulu savoir d'elle.

— Ah, c'est ça l'affaire…

— Sa sœur sortait avec Lulu, mon frère, pis elle me tournait autour.

— Lulu ?

— Lucien.

Des garçons si beaux, des noms si… différents.

— Pas ton genre ?

— Pantoute.

— C'est quoi, ton genre ?

— …

Il m'a seulement souri, les mains dans les poches, les yeux plantés dans les deux pouces de neige accumulée, ce qui était, à tout prendre, de loin la meilleure des réponses. Pour l'instant, j'étais peut-être son genre. C'était tout ce qui comptait.

Quand je suis revenue à la maison, Sandrine dormait déjà. Je suis entrée en marchant le plus légèrement possible pour ne pas la réveiller. J'étais à quelques pouces de mon lit lorsque mon pied a fait rouler une petite bille jusqu'à ma commode. Je me suis penchée pour la ramasser. C'était le 15e Skittles, le dernier minimensonge qu'il me restait à réparer. J'ai soufflé dessus et l'ai mangé. Même si le chat l'avait peut-être léché.

~

Le lendemain matin, mes parents ont débarqué dans ma chambre, énervés comme des enfants qui auraient mangé trop de sucre.

—OK, Zazie, ferme les yeux.

—Je les ai même pas encore ouverts.

—*Enweille!* Ferme les yeux pareil.

Quand ils m'ont autorisée à les ouvrir, j'ai d'abord été aveuglée par la lumière du plafonnier. Une fois les images en place, j'ai pu voir une boîte blanche posée sur ma couette marine. La boîte en elle-même ne présentait pas d'intérêt, mais le cellulaire qu'elle contenait, oui.

—On avait prévu de te le donner dans deux semaines, pour ta fête, mais on s'est dit que c'était niaiseux d'attendre.

—Je… je…

—C'est le dernier modèle, tout est déjà programmé. Ton numéro est écrit ici, voilà!

—On a pu avoir un forfait familial, c'est pas mal avantageux, tu vas voir…

Je les entendais à peine m'énumérer les avantages du forfait – appels entrants, sortants, téléchargements, et blablabla –, j'étais trop contente, trop émue. Ça y est, j'allais enfin intégrer mon époque, avoir une vie active dans la sphère 2.0, entrer dans l'ère du tout-à-l'ego. Je faisais, en ce petit matin électrisé par les souvenirs de la veille qui ressurgissaient, un fabuleux saut dans le temps.

Et ils m'avaient acheté un étui bleu turquoise, mer du Sud.

J'ai tout de suite appelé Ophélie en FaceTime. On ne s'est pas lâchées avant de se rejoindre dans l'autobus. Sauf pendant la douche. Et maintenant que j'avais quelque chose qui s'apparentait à un chum, il fallait analyser la situation, discuter de tout ce qui pouvait m'arriver, de tout ce qui ne m'arriverait peut-être pas, de tout ce qu'il fallait que je fasse ou ne fasse pas, bref, de tout ce à quoi je devais penser pour vivre le plus naturellement possible cette relation toute nouvelle en partie bâtie sur la confiance tirée d'une belle ligne de sourcils. L'amour, c'est compliqué, il ne faut rien négliger.

Mon baril était plus que plein en ce petit matin ordinaire. Les choses tourneraient forcément bientôt au vinaigre. On n'échappe jamais aux lois non écrites. Mais pour l'heure, mon trop-plein de bonheur me donnait envie d'être gentille à mon tour.

Avant de quitter la maison, j'ai fait une petite pause avec Ophélie pour prendre en photo ma « Liste des joies de vivre dans une "belle grosse famille" », même si elle était encore en chantier, et l'envoyer par texto à ma mère déjà partie au travail.

Liste des joies de vivre dans une « belle grosse famille »

✓ On ne me pose pas mille questions sur ma journée quand je rentre de l'école, le soir.

✓ Les petits peuvent provoquer des événements... ~~intéressants~~ prometteurs.

✓ Les peines partagées en grosse famille sont plus faciles à vivre.

✓ Dans une « belle grosse famille », c'est difficile de broyer du noir longtemps : tout le monde s'acharne à essayer de vous consoler.

✓ Dans une grosse famille, on apprend (pas le choix !) à se détacher des choses.

✓ Il faut apprendre à être débrouillard (les parents ont toujours les mains pleines).

✓ Quand on est le premier d'une grosse famille, on sait que toutes les grandes découvertes qu'on fait vont servir aux autres. (Note à moi-même : faire une liste des choses à ne pas faire à l'école pour Sandrine l'année prochaine.)

✓ *Quand on est nombreux à table, on peut plus facilement refiler ses brocolis à quelqu'un d'autre.*

✓ _____

_____

✓ _____

_____

✓ _____

_____

✓ _____

_____

✓ _____

_____

Elle l'a tout de suite transférée à mon père qui s'est empressé de me texter.

> Wow ! Merci pour ce « précieux moment », ma belle cocotte. ☺

〜

—Tu devrais te réessayer pour l'équipe de basket.

—Pourquoi ?

— T'es bonne, pis t'aimes ça.

— Pas au point d'en "manger".

— Écoute-les pas, les coachs, y font juste leur *show*.

— Je sais pas.

— Ce serait cool d'avoir une gang.

— Tu viendrais aussi ?

— Non. Je ferais partie de la gang à cause de toi, vu que je suis ta meilleure amie.

— Ah ! Ben oui.

— C'est une bonne idée, avoue.

— Y a les entraînements, les parties, pis j'ai déjà mes lectures au foyer.

— Je pourrais te remplacer pour lire, des fois.

— T'aimerais ça ?

— Oui, je pense que oui. Une fois dégênée, je serais correcte.

— …

— …

— OK. J'essaie de faire l'équipe à une condition.

— Laquelle ?

— Que t'arrêtes de te forcer pour pas avoir des bonnes notes.

— Ben là…

— Une *bolée* qui a une gang, de toute façon, c'est correct.

— OK.

— Parfait !

— …

— Off ?

— Hum ?

— Ça veut dire quoi "gull" ?

~

— OK, maintenant qu'on est un peu réchauffés, on va faire des enfers. TOUT LE MONDE SUR LA LIGNE DE FOND ! On oublie pas de toucher les lignes, TOUTES les lignes, avec les doigts, OK ?

— OK !

— J'AI RIEN ENTENDU ! ON TOUCHE LES LIGNES, OK ?

— **OK !**

Mes doigts écrasaient la ligne de fond, mes fesses pointaient vers le ciel. Janik, dans la même position, a chuchoté sans bouger la tête.

— Ça va aller ?

— Oui, ça va être correct.

Table des matières

Réimprimé en octobre 2016
sur les presses de l'imprimerie Marquis-Gagné
Louiseville, Québec